深川の重蔵捕物控ゑ 1

契りの

西川 司

時代小説
二見時代小説文庫

目次

深川の重蔵捕物控ゑ 1——契《ちぎ》りの十手

第一話　つぐない

まだ夜が明けきらない暗がりの川に、男の亡骸《なきがら》がうつ伏せになって浮かんでいた。

その近くには舟をつないでいる杭が五、六本、岸に沿って並んでいる。亡骸はその杭に体を寄せたり、少し遠ざかったりしながら揺れていた。

不意に川面に強い風が吹きつけ、立った波が押し寄せると、亡骸はくるりと体を返して顔を見せた。三十を少し過ぎたばかりと思われる痩せぎすの男だった。紺《こん》の盲《めく》縞《じま》の袷《あわせ》の前がはだけて帯はなく、褌《ふんどし》姿で履物も履いていない。頬がこけた顔は無傷だが、胸や腹に匕首《あいくち》のようなもので切りつけられた細長い傷がいくつも刻まれていた。

一

天保《てんぽう》十二年弥生《やよい》八日──。

外が白みはじめている七ツ半。表情をなくして眠りについていた重蔵《じゅうぞう》の顔が、にわかに歪みはじめ、苦悶の色がゆっくり広がっていった。四十を過ぎたばかりの重蔵は、深川《ふかがわ》一帯を仕切る名うての岡っ引きである。

その重蔵の掛け布団の上に置かれている両の手は、布団の端《はし》を固く握りしめ、小刻みに震えている。目をつむったまま開かれた口は、なにか叫ぼうとしているが、声を出せないでいる。きれいに剃られている月代《さかやき》と額《ひたい》には脂汗《あぶらあせ》が滲《にじ》み、金縛りにあっているのだろう、六尺ほどもあるがっしりとした体躯は、硬直して動かすことができないでいる。

やがて重蔵は渾身の力をふりしぼり、言葉にならない低くくぐもった唸り声を上げると、からくり人形のように上体を反らせて飛び起きた。

体じゅうにねっとりした汗がまとわりついている。重蔵は荒くなっている息を深呼吸して整えると、顔を洗うように両手で覆い、ゆっくりと上下に力なくさすった。

外の白い光が唐紙《からかみ》越しに入ってきている。重蔵は、ふと、隣で寝ているはずの女房のお仙《せん》に視線を向けた。しかし、そこには布団もお仙の姿もなかった。

(そうか。そうだったな……)

しんと静まり返った部屋で、重蔵は悲しい笑みを浮かべた。そして、まだ起きるには早い時刻だったが、布団から立ち上がると部屋を出て台所に向かった。ひどく喉《のど》が渇いていたのである。重蔵は水甕《みずがめ》に柄杓《ひしゃく》を突っ込み、それをそのまま口元に運んで、ごくごくと喉を鳴らして飲み込んだ。

喉の渇きが癒えると、今度はたらいに水を汲み、溜まった水を顔に叩きつけるようにして洗った。

何度かそれを繰り返しているうちに、ようやく意識が鮮明になってきた。重蔵は手拭いで顔を拭き終えると、仏壇がある居間にいき、お仙の位牌の前に座った。

(今日は命日だったな……)

重蔵は胸の内でつぶやき、火鉢の中の種火を掘り起こして線香に火をつけると、手で払って火を消し、香炉に立てて手を合わせた。

拝み終えると、重蔵は位牌の横に置いてある、お仙が生前使っていた赤い漆塗《うるしぬ》りの手鏡を手に取って自分の顔を見つめた。

整った目鼻立ちに、意志の強さを感じさせる黒く太い眉。やや乱れている鬢《びん》には白いものがちらほら見え、浅黒く日焼けした顔の頰から口元にかけて深い皺が刻まれている。

重蔵は鏡に映っているその顔が、一瞬、自分のものではないような奇妙な感覚に囚われた。さっき夢に出てきた三十のときの自分の姿が脳裏に焼きついていたからだろう。

（あれから、もう十年か……）

重蔵は、改めて月日が過ぎる早さを感じていた。だが、十年前に起きたあの悪夢のような事件を、重蔵は片時も忘れたことはない。いや、これから先も決して忘れることはないだろう。

あれは、十年前の三月の初旬のことである。重蔵は、うら若い女ばかり拐《かどわ》かし、十人ほど集めたところで船に乗せて京《きょう》や大坂《おおさか》の女郎屋《じょろうや》に売り、荒稼ぎしていた悪党一味を捕らえる手柄をあげた。それは、重蔵と彼に手札を与えた北の定町廻《じょうまちまわ》り同心・千坂伝衛門《ちさかでんえもん》が、一年以上かけて慎重に探索した結果、拐かした女たちを閉じ込めていた場所が佐賀町《さがちょう》の仙台堀川《せんだいぼりがわ》にある貸蔵であることをようやく突き止め、北町奉行所の総力を挙げて乗り込んで悪党一味を一網打尽にしたのだった。

しかし、事件を解決した二日後の三月八日、重蔵はその大手柄と引き換えに取り返しのつかない大きな代償を支払うことになってしまったのである。

その日の朝、重蔵がいつものように近くの湯屋《ゆや》にいき、六間堀《ろっけんぼり》沿いの松井町《まついちょう》二丁目の家に戻ってくると、髪結《かみゆ》いをしている女房のお仙が家の前の道を箒《ほうき》で掃いていた。

「帰《けえ》ったぜ」

眩《まぶ》しいものを見るときのように目を細めて重蔵が声をかけると、

「あら、早かったのね」

ひょいと顔を上げたお仙は、色白で細面の整った顔に子供のようなあどけない微笑《ほほえ》みを浮かべて、重蔵のもとに歩み寄ってきた。

が、そのとき、異変が起きた。

重蔵のもとまであと十歩足らずのところで突然、お仙が口と目をかっと開いたまま足を止めたのである。

そして、手にしていた箒をぽとりと手放すと、両の手を宙に上げて、重蔵に助けを求めるように泳がせた。

「お仙――」

呆然としながらかすれた声で名を呼んだ重蔵の目に、前のめりになって道に倒れそうになっているお仙のすぐ背後に立っている男が映った。月代は伸び放題で目つきが鋭く、紺の盲縞の袷に雪駄《せった》履きの一目でやくざ者とわかる三十男が、まるでひるむことなく、血に染まった匕首を持ったまま重蔵を見つめている。

（野郎っ……）

重蔵が男に向かって足を一歩前に出した、と同時に、男は血のついた匕首を持ったまま、お仙の背中に体ごとぶつけた。

そのとたん、前のめりになっていたお仙は一瞬、上体をのけぞらせ、ぶぉっと口から宙に向けて鮮血を吐きながら道に崩れ落ちた。

「お仙……」

重蔵は倒れているお仙のもとに駆け寄って抱きかかえ、男を目で追った。が、男はすでに走り去っていた。重蔵は男の顔を思い返してみた。まるで見覚えがない。だが、重蔵と千坂伝衛門らが悪党一味を捕らえた二日後のことである。頃合いから見て、悪党一味の仲間に違いない。重蔵は男のあとを追っていきたかったが、腕の中で息も絶え絶えになっているお仙を置いていくことなどできるはずもなかった。

「お仙、しっかりしろっ」

重蔵が、目を閉じているお仙を揺すりながら悲痛な声で幾度となく叫ぶと、

「――おまえさん……」

血の気を失い、紙より白くなっている顔のお仙が、うっすらと目を開け、重蔵を愛おしそうに見つめながら口を開いた。

「お仙っ……」

今にも命が尽きそうなことは、明らかだった。

が、お仙はなにかを伝えようと血に染まっている口を必死に動かそうとしている。

重蔵は、お仙の口元に耳を近づけた。

「――ずっと……おまえさんの……世話をしたかったのに……ごめん……なさい」

蚊《か》の鳴くような声で途切れ途切れにそういうと、お仙はふたたび目を閉じた。そして、体じゅうの力がすっかり消えたお仙のか細い体がやけに重たくなった。

「お仙っ、目を開けるんだ、お仙っ……」

重蔵は絶望の響きをもった声で叫び、抱えている体を何度も揺すった。しかし、お仙が反応することはもうなかった。

「姉さん……」

お仙より十下《とお》の弟で、髪結いの修業をしている定吉《さだきち》が、お仙を抱きかかえている重蔵を呆然と立ちすくんで見下ろしていた。

「親分、いったいこれは……」

定吉の声はかすれ、震えているが、涙は流していない。なにが起こったのか、わけがわからず混乱しているのだ。

「定《さだ》、坊さんを呼んできてくれ……」

重蔵は定吉の問いには答えず、悲しみを必死に耐えているのだろう、口を強く結んでお仙を抱きかかえたまま立ち上がると、遠巻きに見ているやじ馬たちにも目もくれず、ゆっくりと歩いて家の中に入っていった。

通夜は、夕刻から降り出した雨が時が過ぎるにしたがって、お仙が死んだことへの悲しみと怒りを代弁するかのように強風を伴った豪雨になり、雷鳴も轟《とどろ》くようになった。

そんな日和《ひより》の悪い中でも、重蔵の家には入りきれないほどの人が、お仙の死を悼《いた》みにやってきてくれた。そんな人々の姿を見ると、重蔵は有難いという気持ちと同時に悲しみがより一層深くなるのだった。

やがて、中肉中背の四十になる千坂伝衛門と三つ下の妻の千代《ちよ》、ふたりの息子で十七になる見習い同心の京之介《きょうのすけ》も弔問にやってきた。

「とんだことになっちまったな……」

白装束に身を包み、死化粧を施されて眠っているようにしか見えないお仙の顔をじっと見つめ、身じろぎもせずにいる重蔵の隣に座った伝衛門が声をかけた。

「旦那――」

　重蔵は伝衛門の声で我に返り、隣にいる伝衛門の顔を見たが、あとに続く言葉が出てこなかった。

「親分、このたびは――」

　伝衛門の横で着物の袖で涙を拭っていた妻の千代は、そこまでいって言葉を詰まらせ、嗚咽《おえつ》を漏らしはじめた。

「お内儀さん、坊ちゃんも、こんな日和の悪い中、わざわざお越しいただいて、ありがとうございます」

　重蔵は体の向きを変えて畳に両手をつき、低いがよく通る落ち着いた声で、千代とその隣にいる母親似の京之介に深々と頭を下げた。

　そのあと、重蔵は自分がどうしていたのか覚えていない。重蔵の頭の中は、お仙との思い出ばかりが走馬灯のように繰り返されていたのである。

　重蔵とお仙、弟の定吉は同じ長屋で生まれ育った幼馴染みで、兄弟同然の仲だった。腕っぷしが強くて喧嘩好きという、ちゃきちゃきの江戸っ子で大工の重蔵の父親と、気は小さいが心根の優しい指物師《さしものし》のお仙の父親は、性格は正反対だった。しかし、どういうわけか気が合い、毎晩のように互いの家にいったりきたりして酒を酌み交わし、双方の母親もまるで姉妹のように仲がよかった。そんな両家の間柄であったから、お仙は当然のように五つ上の重蔵の許嫁《いいなずけ》になったのである。

そして、肝ノ臓を壊して死んだ父親の跡を継いで大工の棟梁《とうりよう》になった重蔵は、二十五のときに二十のお仙と夫婦になったのだが、そのころにはすでに重蔵の父親譲りの腕っぷしの強さと度胸の良さは町で知らない者はいないほどになっていた。加えて重蔵は一見、無口で不愛想に見えるのだが、その実、弟子たちはもちろんのこと、自分を頼ってくる人の面倒見がよいものだから、だれからも一目《もく》も二目も置かれる存在だった。そんな重蔵の噂を以前から耳にしていた北の定町廻り同心・千坂伝衛門がある日、重蔵のもとを訪ねてきて自分の下で岡っ引きとして働いてくれないかといってきたのである。

だが、岡っ引きの給金は町奉行から出るわけではなく、手札を与えた同心の給金から出され、その相場は年に一分二朱。家族三人が暮らすには月に一両は必要であるから、およそやっていけない。だから、岡っ引きは十手《じって》を持っていることをいいことに、悪さをしている者を見つけては目をつぶることで私腹を肥やす者がほとんどなのだ。

ところが、重蔵はそうした曲がったことがまるでできない性分である。だから当初、重蔵は大工仕事の片手間に岡っ引き仕事を手伝う程度だった。しかし、自分が力を貸すことで伝衛門が悪党どもを退治する姿を見ているうちに、重蔵は本業の大工仕事よりも岡っ引き仕事にやりがいを感じるようになっていった。

そんな重蔵の胸の内を汲み取ったお仙は、自分が髪結いで稼ぐから暮らしの心配はしないで、お上《かみ》の仕事に専念して欲しいといってくれたのである。重蔵にとって、お仙はまさに恋女房そのものだった。そして、岡っ引きに専念した重蔵は水を得た魚のように伝衛門の手助けに励んで次々に悪党を捕まえ、やがて深川一帯で重蔵の名を知らぬ者はいないまでの岡っ引きになっていった。

しかし、岡っ引きになったがために、重蔵は恋女房のお仙を死なせることになってしまったのである。

（お仙、おまえを一生守るなんていって嫁にもらったが、考えてみれば守ってもらったのは、いつもおれのほうだったな。その挙句、おれのせいで、おまえを死なせてしまった。おれは悔しいやら情けないやらでどうにかなりそうだ……）

白装束に身を包んでいるお仙を見つめながら、重蔵は何度そう胸の内でつぶやいたことだろう。だが、不思議と涙は出てこない。重蔵はこのときはじめて、本当に胸がしめつけられるほど悲しいときは涙など出ないものだということを知ったのだった。

そして、通夜から十日経った日、お仙を殺《あや》めたのはやはり、先日捕らえた悪党一味の者だったということを伝衛門から知らされた。伝衛門は、重蔵から下手人《げしゅにん》の人相を聞き、人相書きを作らせると、伝馬町《てんまちょう》の牢屋敷に移送された悪党一味にそれを見せてなに者であるかをなにがなんでも白状させて欲しいと、取り調べを行う吟味方与力のもとに何度も足を運び、強く願い出てくれたのである。伝衛門は下手人を割り出すことが、お仙のなによりの供養であり、日ごろ身を挺して働いてくれている重蔵への恩返しだと思ったのである。

すると、一味の何人かが、お仙を殺したのは悪党一味の頭目である又兵衛《またべえ》の義弟鍬《くわ》蔵《ぞう》だということを吟味方与力に白状した。だが、いくら拷問をかけても今どこにいるかまではだれひとり知っている者はいなかったという。伝衛門いわく、鍬蔵はおそらく風を食らって、京や大坂あたりに逃げたのだろうということだった。

それを聞いた重蔵は、

(お仙、おれはこの世から悪党がひとりもいなくなるまで、お勤めに励む覚悟を決めた。それがおまえが喜ぶ一番の供養だろうからな。そして、おれはいつか必ずおまえを殺《あや》めた鍬蔵を捕まえてみせるっ)

と心に誓ったのだった。

あれからすでに十年になる。鍬蔵を捕まえるという重蔵の意気込みは、いささかも衰えることはなかった。そして、お仙を恋しいと思う気持ちも年を取るごとに増すばかりだった。

二

「お、親分、たいへんですっ――」

お仙の命日のその日、重蔵より遅れて朝風呂にいった定吉が息を切らして帰ってきた。

「せっかく汗、流してきたというのに、そんなに汗かいて帰ってきたら、湯屋にいった甲斐がないだろ」

苦笑《にがわら》いしている重蔵は、ちょうど朝飯を食べ終え、寝巻の紐《ひも》を引きずりながら居間の隅に立って、着替えをはじめようとしているところだった。寝巻を落として褌ひとつになったとき、すさまじい筋肉の張りを見せる裸の背中のあちこちに匕首や刀で傷つけられた痕がいくつも見えた。

お仙を亡くしてからというもの、重蔵はまるで死に急いでいるような働きぶりを続けている。たとえ相手が刀を持つ侍だろうと、匕首を振りかざすやくざ者だろうと、重蔵はまるで怖気《おじけ》づくことなく立ち向かっていき、体のあちこちを切り刻まれながらも闘い、最後はお縄にしてしまうのである。

「親分、本当にたいへんなことが起きたんですっ」

「いったい、どうしたい？」

「たった今、自身番屋の番人が家の近くまでやってきて、小名木川《おなぎがわ》に男の亡骸が浮かんでいたのが見つかったから、親分にすぐにきてくれるように伝えてくれって――」

「なに？」

苦み走った重蔵の顔が一気に険しくなった。

「その仏、川流れか？」

訊きながら重蔵は、慣れた手つきで丁子茶《ちょうじちゃ》の子持縞《こもちじま》の袷の小袖に腕を通し、八反《はったん》掛《が》け縦横縞の帯を巻いた。

「いや、それが、体じゅうに匕首で刺されたり、切りつけられた痕がいくつもあるようでして――」

男の亡骸は小名木川沿いの常磐町《ときわちょう》の河岸に浮かんでいて、朝早く船に荷を積み込みにきた船頭が見つけたのだという。

「千坂の若旦那には、だれか知らせにいったかい」

神棚に供えるように置いてある房のない十手を手にしながら、重蔵が訊いた。千坂伝衛門は五年前、下腹の奥に質《たち》の悪い腫れ物ができ、それが原因でこの世を去ってしまっている。亡くなる前の日、伝衛門は死期を悟ったかのように重蔵を組屋敷の家に呼び、別人のようにやせ細った体を布団から起こすと、両手で重蔵の腕を摑み、必ずや京之介を一人前の同心にしてくれと頼んだのだった。

重蔵にとって伝衛門は、岡っ引きというやりがいのある仕事を自分に与えてくれたうえに、お仙を殺したのが鍬蔵という名の男だと突き止めてくれた恩人なのだ。重蔵が二つ返事で引き受けたことはいうまでもない。そんな伝衛門から、そして今は息子の京之介から与えられた十手は、重蔵にとってまさにお守りのようなものであるから、事件のないときは神棚に供えているのである。

「いえ、八丁堀《はっちょうぼり》にいく前に、まずは親分の耳に入れておこうと思いまして」

お仙が殺されたとき、まだ十五で幼さが顔に残っていた定吉も今や二十五になり、腕のいい髪結いになって家の一階を「花床《はなとこ》」という名の髪結い床に改装して、重蔵の暮らしを支えてくれている。

「若旦那の廻り筋だ。きてもらわないわけにはいかない。定、若旦那を呼びにいってきてくれないか」

重蔵は、定吉を小さいころからの愛称の「定」と呼んでいる。

「へい。廻りの仕事は入っていませんから、これからすぐに」

廻りとは、得意先を廻って髪結いをすることである。髪結い職人としての腕もさることながら、定吉はお仙に似て優男《やさおとこ》だからだろう、遊郭の女郎たちからも人気で廻り髪結いの仕事もひっきりなしに入るようになっている。だが、定吉は金だけのために廻り仕事をしているわけではない。特に女郎が働く遊郭には、いろいろな種類の男たちが出入りし、彼らから女郎たちは実に様々な情報を手に入れるのだ。定吉はそうした情報を重蔵に流すことで、岡っ引き仕事に協力しているのである。

「じゃ、頼んだよ」

「へい」

意気揚々と外に飛び出していった定吉のうしろ姿を見ながら、重蔵は複雑な気分になっていた。それというのも、口にこそ出さないが、定吉は髪結いの仕事より重蔵と同じ岡っ引きになりたいと思っているようなのだ。その思いは、姉のお仙を亡くしてから一層強いものになったのだが、重蔵は、あえて確かめようとはしないでいる。なにしろ、岡っ引きは命がけの仕事なのである。お仙との間に子宝に恵まれなかった重蔵にとって、一回り以上年下の定吉は息子のようなものだ。その定吉が万が一にも、お仙のもとに逝くような羽目になったら、お仙に申し訳が立たない。重蔵はそう思っているのである。

今にも雨が降り出しそうな厚い雲に覆われた灰色の空のもと、男の亡骸は小名木川に架かる高橋《たかばし》と万年橋《まんねんばし》の間にある館林藩《たてばやし》六万石の井上《いのうえ》家屋敷の裏手にある土堤《どて》に引き上げられていた。

土堤のそこかしこに花を咲かせている梅の木を縫うようにして足早に重蔵がやってくると、その一帯は人だかりができていたが、常磐町の自身番から書役がきていて番人や町内の人たちを使い、野次馬たちが亡骸に近づくのを封じていた。

「見つかったのは、いつごろだい？」

重蔵は莚《むしろ》をめくって亡骸を覗き込みながら、顔馴染の書役に訊いた。書役は勘助《かんすけ》という四十男で、色白ののっぺりした小心そうな顔に心配げな表情が溢れている。

「届けがあったのは、五ツごろでした。そこにいる船頭が自身番にやってきまして――」

勘助が見やったほうを見ると、でっぷりと太った髭面《ひげづら》の五十男が不貞腐《ふてくさ》れた顔をしていた。厄介ごとに巻き込まれて船を出すことができないのが面白くないのだろう。

だが、見たところ、亡骸の身元がわかりそうなものはなにひとつない。

「おまえさん、この顔に見覚えはないかい」

船頭に訊いてみた。

「へえ。まったく——」

名の知れた岡っ引きの重蔵に、船を出せなくなった不満をぶつけられるはずもなく、船頭は素直に答えた。

「町の者じゃありません」

勘助がやけにきっぱりとした口調でいった。常磐町の住人ならば、自身番の書役の自分が知らないはずはない。であるから、関わりを持つのは困る——勘助の顔にそう書いてある。

「そうかい。だが、ここに流れ着いてきてしまったんだ。はた迷惑だって気持ちはわかるが、ここはあんたらが面倒みるしかないだろ」

重蔵がいうと、勘助は憂鬱そうに顔を背《そむ》けた。わかりましたともいいたくない。かといって重蔵に口答えするわけにもいかず、そうした仕草を見せるのが精いっぱいの抵抗だった。

重蔵が蓆を剝いで、亡骸に刃物のようなもので刻み付けられた傷を丹念に見ていると、ほどなくして千坂京之介が定吉を従えてやってきた。

　二十七の京之介は髷《まげ》を小銀杏《こいちょう》に結い、着ている黒紋付きの羽織の裾《すそ》を帯の内側に捲《まく》り上げて挟んだ〝巻き羽織〟、その下は黄八丈《きはちじょう》の着流しで、足元は裏白の紺足袋に雪駄履き。大小二本の刀と朱房《しゅふさ》のついた十手は、左腰の帯に水平に差す〝かんぬき差し〟である。

　そうした定町廻り同心の出立《いでた》ちがすっかり板についており、すらりとした長身のその姿は、まるで錦絵から抜け出てきたような色男である。

　だが、父親の伝衛門が五年前に亡くなり、本勤の定町廻り同心となった京之介だが、いまだ本人はその自覚が足りず、特に殺しといった血生臭い事件が起きると、重蔵にまかせっきりにしてしまうのが常だった。

「若旦那、見てください」

　重蔵が目で促すと、京之介はちらっと見ただけで露骨に顔をしかめた。京之介は定吉より二つ年上だが、母親似で色白の細面《ほそおもて》のせいか定吉より若く見える。体格もほっそりしているが、その実、着流しの中に隠れている体は贅肉がほとんどないほど鍛えられている。

　実はこの京之介、小石川《こいしかわ》竜慶橋《りゅうけいばし》で一刀流《いっとうりゅう》の道場を開いている徳田良斉《とくだりょうさい》の高弟で、三羽烏《さんばがらす》のひとりに数えられている剣術の腕前を持っているのだ。であるのに血を見るのが大の苦手《にがて》というから、人はわからぬものである。おそらく実際に人を斬るのと鍛錬でする剣術は別ものということなのだろう。

だが、剣術の腕前は間違いなく一流なのだ。重蔵は事件の場数を踏めば、きっと伝衛門と同じく立派な同心になってくれるに違いないと見込んでいる。

「これはひでぇや……」

京之介とは違い、重蔵と一緒に男の亡骸を丹念に見ていた定吉が独《ひと》り言のようにいった。

「よっぽど恨みを買ってたんでしょうね」

「ふむ。そうかもしれないが、そればかりじゃない気がしないでもない」

「そりゃ、どういうことです」

定吉が怪訝な顔を向けて訊き返した。

「背中や腹、胸にこれだけ刺し傷や切り傷を刻み付けているのに、顔にはひっかき傷ひとつついていないのはどういうわけか……それにご丁寧に、歩けないように両足の腱《けん》まで切ってある。息絶えるまで、そうとう痛い思いをしたはずだ」

重蔵は亡骸の両足首を指していった。腱が無残に切られている。

「それと、これだ――」

次に重蔵は、死体の男の両手を持って見せた。ちらりと京之介も目を向けた。

「十本の指の先にタコができている。おそらくなにかをこさえる職人だろう。だが、三十男にしちゃ、タコがしっかりしていない。遅くに弟子入りしたか、真面目に仕事をしていなかったかどっちかだろう」

「なるほど、さすがは親分だ。他にこの仏からなにか見て取れるものはありますかい」

定吉がしきりに感心している。

「うむ。体のこわばりと水膨れ具合から見て、今日の明け方じゃない。おそらく昨夜遅くだろう」

重蔵は、ちらりと京之介を見ていった。こうした見立ても伝衛門から教わったのだ。重蔵はそんなことをあえて口にすることで、京之介に教えているつもりなのだが、そんな重蔵の胸の内を知ってか知らずか京之介は涼しい顔で、川向こうに目を向けている。

「殺された場所は、ここからそう遠くない人けのない川筋じゃないのかな」

京之介が唐突にいった。

「それはまた、どうしてそうお思いになったんです？」

　重蔵は意外だという顔をして、対岸に目を向けている京之介を見て訊いた。

「川向こうの海辺大工町《うみべだいくちょう》のあたりは人通りが多い。高橋も人が多く通る橋だから、昼間に人殺しができる場所じゃない。ましてや人が浮かんでいれば、すぐ目につくし、昼の間は小名木川は多くの船が通る。だから、昨夜遅くにここからそう遠くないところで男は殺されて、川に落とされたと考えるべきじゃないのかな。顔にどっかにぶつかった様子がないのも、そんなに上から流れてきたものではないからだと思うのだが、親分、俺の見立ては違っているかい」

　京之介は重蔵のほうに目を向けた。ほんの少し、目の奥に不安な色を見せている。

「おれの見立ても若旦那と一緒ですよ」

　重蔵は抑揚のない調子で答えたが、内心、感心していた。やはり京之介は伝衛門の血を継いで、頭が切れると思ったのである。

「橋向こうも探さなければなりませんか」

　勘助が、さっきよりさらに憂鬱そうな顔をして口を挟んだ。

「まぁ、そうだが、殺した場所は高橋近辺と見ていいだろうから、川向こうは海辺大工町くらいまでで十分だろう。じゃ、仏を自身番屋に運んでもらおうか」

「――へい」

勘助が仕方なさそうに答えると、

「親分、番屋廻りを急ごう」

自身番を同心は、番屋と呼ぶ。無残な死体の近くにいるのが本当に嫌なのだろう、京之介はすでに歩き出している。

「そうしましょう。家族がいたら家族から、独り身でも職人仲間から番屋に届けが出ているかもしれませんからね」

重蔵が京之介のあとを追うように歩き出すと、

「親分、おれは――」

定吉は寂し気な顔つきで訊いてきた。

「定は、廻り仕事に戻って、昨日今日姿を消した職人がいないか聞き込みをしてくれ。おれは番屋廻りが終わったら松井町の『小夜《さよ》』にいくからそこで落ち合おう」

重蔵が京之介のあとを追いながら顔だけ向けていった。重蔵は居酒屋「小夜」の常連で、町廻りのあとは必ずといっていいほど顔を出して、晩酌しながら晩飯を食べる店である。

「へい」

仕事を与えてもらった定吉は、うれしそうな顔になって答えた。

三

小名木川で男の亡骸が上がった日の、日の入りが近づいている時刻、自身番屋廻りを終えて奉行所に向かった京之介と別れた重蔵は、深川佐賀町の長い黒塀に囲まれた南部美濃守《なんぶみののかみ》の屋敷まできたところで足を止めた。屋敷裏にあるしもた屋の庭先から、なにやら激しくいい争う男たちの声が聞こえてきたからである。

重蔵が様子をうかがいにいってみると、大きな継ぎをいくつもあてた短い袷に股引《ももひ》き姿のやせ細った六十過ぎと思われる老爺《ろうや》が、頰に刀傷のある目つきの鋭い小太りの男を相手に押し問答を続けていた。

「親分におれの名をいって取りついでくれ」

「だから、知らねえといってると何度もいってるじゃねえか。しつこい爺《じじい》だなあ、とっとと失せろといってんだろうが」

男に体を突かれた老爺のやせ細った体は、風に吹かれた紙のように、ふわりと飛んで道に倒れた。

「ほんとに金はあるんだ。中に入れてくれ……」

老爺は地面を這うようにして、なおも男に取りすがった。

「その金を拝ませてみろと、さっきからいってるじゃねえか」

男は呆れきった顔を作って、うんざりした口調でいった。

「大事な虎の子だ。そう易々と見せるわけにゃいかねえ」

老爺は、なおも食い下がった。

それを聞いた男は怒気を満面に漲《みなぎ》らせて、

「この爺、おめえのその金を、おれが盗《と》ろうとしているとでも思ってやがるのかっ」

老爺の胸ぐらを摑み上げたが、その体から放たれている鼻をつく強烈な臭いに思わず顔をしかめた。

「なんてぇ臭いだ……ここは物乞いの爺がくるところじゃねえんだよ」

男は老爺をどんと突き放すと、さっさと家の中に引っ込んでいってしまった。

(馬鹿野郎が……)

老爺は胸の内で毒づいて、土埃《つちぼこり》を払おうともせず、のろのろと立ち上がった。

男が入ったその家の中では、日暮れとともに賭場《とば》が開かれることを重蔵は以前から知っている。あの老爺は賭場で金を稼ごうとやってきたのだろうが、風体《ふうてい》から金などないことを見抜かれて追い返されたのだ。

（それにしても、あの爺さん、やけに顔色が悪いな……）

離れたところから様子を見ていた重蔵は、手を差し伸べてやるべきかどうか思案していた。

老爺の顔色が悪いのはもっともなことだった。かれこれ三日も食いものらしい食いものを口に入れておらず、水を飲んで飢えをしのいでいるのだ。

幾日も前から日雇いの仕事を探し求めて、朝早くからあちこち顔見知りを訪ねて歩いたのだが、どこも雇ってはくれなかった。

たとえ運良く仕事にありつけたとしても、とうに六十を過ぎている年寄りで、そのうえ病《やまい》を患《わずら》っているのでは、そもそも力仕事をすること自体難儀なことで、一日ももたずお払い箱になっていただろう。

老爺が下腹に、しこりのようなものがあることに気づいたのは、もう三月《みつき》も前になる。そしてそのしこりが痛みを伴ってきたのは、ここひと月ほどだが、日を追うごとに激しくなっている。

げっそりとした顔の頬骨は浮き出、針金のように痩せ細った体は、満足に飯を食っていないこともあるが、病のせいでなにかを口に入れたいという欲求さえもなくなっているのだった。

だが、このままなにも食わなければ、二、三日で確実に餓えて死ぬ——そう本能的に感じるほどに体が衰弱している。そこでせめて粥《かゆ》を啜れる程度の金でいいから、なんとか得ようと無理を承知で賭場にやってきたのだ。

老爺は若いころ、賭場で壺振りをして食っていたことがあり、博打《ばくち》の裏の裏まで知り尽くしているという自負が、追い詰められて頭をもたげてきたのである。

しかし、そんな極道な暮らしから足を洗って以来、かれこれ十年以上にもなる。そのうえ、重い病を患っている身では、そんな昔取った杵柄《きねづか》など鼻をかんだ紙屑にも劣るほど、なんの役にも立たないことを思い知らされたのだった。

日が傾きはじめた佐賀町の通りを、みぞおちの痛みと飢えからくる目まいに襲われながらのろのろと歩いていた老爺は、永代橋《えいたいばし》の袂《たもと》まできたところでとうとう力が尽きたように足を止めた。

（おれの命も、長くねえな……）

紅《べに》を溶かしたような夕陽の中、通りは家路を急ぐ人や用足しをする人の往来が激しくなっている。しかし、苦しみに喘いでいる老爺には、そんな人々の姿がもはや黒い物影にしか見えなくなっている。

助けを求める気力もなく、声も出せずにしばらくそうしているところに、

「爺さん、大丈夫かい」

尋常ではない様子の老爺のことが心配になって尾《つ》けてきた重蔵が声をかけた。

体じゅうをぎりぎりと締め上げる激烈な痛みに、目をつむって耐えていた老爺が目を開けると、重蔵の懐《ふところ》に房のない十手が見えた。

「なんでもありゃしねぇよ……」

脛に傷を持つ身の老爺は強がってみたが、その声は自分でも情けなくなるほどにかすれて弱々しいものだった。

「爺さん、どう見たって、あんたの様子は普通じゃない。どこに住んでるんだい。家まで連れてってやるよ」

重蔵が憐れんでいったが、

「よけいなお世話だ……放っといてくれ」

と、老爺はまたぞんざいな口を利いて強がった。

「爺さん、あんたが座り込んでいようと寝転がっていようと勝手だが、こんなところで死なれたんじゃ、あとが面倒だ。人に迷惑かけちゃいけない。人のいうことは聞いたほうがいい」

重蔵は、老爺が若いころ極道暮らしをしていただろうことを見抜いていた。極道者は、なんともいい難い暗い空気を体から放っているもので、たとえ足を洗ってもなかなかその空気は消えるものではないのだ。

「ふん。そう簡単にくたばりゃしねえよ……」

老爺は、かすれた声で悪たれ口を叩くと、残っていたわずかな力を振り絞って、よろよろしながら立ち上がろうとした。

すると、

「あら、お爺さん」

と、通りがかった女が声をかけてきた。

女にしては体が大きいほうで、目が細いうえに、小さな鼻はつぶれていて、器量よしというにはほど遠い。

「おまえさん、知り合いかい？」

身なりから裏店《うらだな》住まいの女だと重蔵は見て取った。

「はい。その人は相川町《あいかわちょう》の同じ庄兵衛《しょうべえ》長屋にいる茂吉《もきち》さんです——お爺さん、どうしたの？」

女はおかよといい、茂吉の隣の家に三つになる娘と住んでいるという。

「どうにも体がいうことを聞いてくれねぇ……」

茂吉は、すがるようにいった。

「まあ、それはたいへん」

おかよとは半年ほど前から同じ裏店の隣同士なのだが、茂吉はこれまでおかよと言葉らしい言葉を交わしたことはなかった。

暇さえあれば人の噂ばかりしている裏店の女房たちの話を小耳に挟んだところによると、おかよは以前は浅草《あさくさ》に住んでいたのだが、亭主に逃げられて、今の裏店に移ってきたらしい。

茂吉はおかよだけでなく、長屋のだれとも親しくしていなかった。長屋の者たちも、人相が悪く日雇いで身よりがなさそうな茂吉を薄気味悪がって、話しかけてくることはめったになかった。

特段におしゃべりで世話好きな長屋の女房が話しかけても、茂吉は口数少なく短い返事をするくらいだったから、他の長屋の者たちはよほどのことがない限り話しかけてこなくなっている。

茂吉は、そんな暮らしを敢えて望んでもいた。人との関わりは、面倒を生むだけの厄介なものだと思っているのである。

しかし、今のこの尋常でない痛みが弱気にさせているのだろう、茂吉はおかよの顔を見たとたん身よりに会ったように安堵していた。

「ここらまできて……力が抜けちまった」

茂吉の声は、いよいよ弱っていた。

「親分さん、申し訳ありませんが、うちらの長屋はすぐそこですから、おぶってやってくれませんか」

おかよは、今にも泣き出しそうな顔をしてそういうと、

「ああ、さっきからそういってたところだ——ほら、爺さん、おれの背中に乗りな」

重蔵は茂吉の前で腰をかがめた。

「まるで張り子のように軽いな」

重蔵は、背中に乗った茂吉の軽さに驚きながら、おかよと並んで相川町の庄兵衛長屋に向かった。

四

定吉と待ち合わせをした居酒屋の「小夜」は、六間堀に架かっている松井橋の一丁

目の袂にある。

おかよと茂吉が住む相川町の裏店で時間を食った重蔵は足を早めたが、「小夜」に着いたときには日がとっぷりと暮れ、松井町の通りの家々には軒行燈《のきあんどん》の灯りが灯っていた。

縄のれんをくぐって戸を開けた重蔵が中に足を踏み入れると、二十人ほどでいっぱいになる店内はいつものように客でごった返していた。

「親分、いらっしゃいまし」

満席の店内で忙しく立ち働いている女将《おかみ》の小夜が、戸口にいる重蔵の姿を認めると、ぱっと顔を輝かせて声をかけてきた。小夜は四十だが、どうみても三十を少し過ぎたばかりにしか見えないほど、若々しく美しい顔立ちをしている。頬から顎《あご》にかけて線を引いたようにすっきりとしていて、色白の細面の顔に整った長眉、その下にくっつくように切れ長の黒目がちの目が並び、つんと高い鼻に薄い唇はややもすると冷たい印象を与えるが、それがかえってなんともいえない色気を漂わせている。そのうえ、小夜は独り身なのである。「小夜」にくる客のほとんどは長屋住まいの棒手振《ぼてふ》りや職人たちで、小夜の美貌に惹かれ、もしかするとねんごろになれるかもしれないという妄想を抱いてやってくるのである。

だが、重蔵にはそんな下心など微塵もない。小夜は以前、吉原《よしわら》で花魁《おいらん》まで上り詰めた遊女だということを重蔵は知っている。そんな華やかな過去を持つ小夜だったが、女盛りが過ぎると身請け話が持ち上がり、ある大店《おおだな》の呉服商に身請けされた。ところが、半年も経たないうちにその呉服商が人に騙されて店を畳むことになってしまったのである。そして、小夜はわずかばかりの手切れ金を貰い、ここ松井町で女手ひとつで居酒屋をはじめることにしたのである。

店を開いた当初、小夜の店には毎晩のように地廻りがとっかえひっかえやってきて泣かされていたものだった。そんなある夜、ふらっと入ってきた重蔵がならず者どもを片っ端から成敗し、「おれは深川の重蔵ってもんだ。今度おれの妹に手を出したら、ただじゃおかないっ。そう仲間たちに伝えろっ」と啖呵《たんか》を切ったのである。そして、店で二人きりになったとき、小夜がぽつりぽつりと過去を話しはじめ、重蔵は聞くともなしに聞いたのだった。むろん、その日から地廻りなどは一度もこなくなったのだが、流れ者や深川以外のならず者がくることがあるかもしれないし、隣町の松井町二丁目にある重蔵の家と近いこともあって、重蔵は町廻りを終えると晩酌と晩飯を食うために小夜に寄るようになったのである。もちろん、小夜が吉原の花魁だったことを知る者は重蔵以外にいない。

「定はもうきてるかい」

賑わっている店内を見回しながら重蔵が訊くと、

「はい。さっきから千坂の若旦那とお待ちかねですよ」

小夜は、店の奥にある畳敷きの小上がりに目を向けた。

「おれは、冷酒と煮〆《にしめ》を頼もうか」

重蔵が小夜に注文していると、

「親分」

重蔵の姿を見つけた定吉が膝立ちになって、うれしそうな顔をしている。定吉の向かいに座った京之介は湯呑を手にしながら、顔だけ重蔵に向けている。

重蔵は京之介が酒を口にしているのを見たことがない。父親の伝衛門は酒豪だったから、母親に似て下戸《げこ》かと思っていたら、いつだったか一刀流の免許皆伝を受けたとき、師匠から酒が入れば聴覚、視覚、人の気配を察知することはもとより、体の動きすべてが鈍ってしまう。剣の達人たる者はいつ何時《なんどき》、敵と相対《あいたい》することがあってもおかしくはなく、もし負ければ一刀流免許皆伝は笑いものになってしまう。そのため免許皆伝を持ち続けるかぎり禁酒とすると命じられたのだという。以来、禁酒を守っているのだから、京之介の師匠を敬う気持ちは本物のようである。

重蔵は、定吉と京之介のいるところに客たちの間をかき分けるようにして歩いていったが、なかなか前に進めなかった。客たちが重蔵の腕や袖を引っ張って止め、「親分、おれの酒を一杯受けてくださいよ」「この前は、迷惑をかけてしまってすみませんでした。一杯だけ飲んでいってください」などといって、重蔵と飲みたがる者ばかりなのである。そのたびに重蔵は、穏やかな笑みを浮かべて「ありがとよ」とか「今度またな」と気さくに受け答えし、重蔵のほうからも、「そういえば、捨吉《すてきち》、先だって転んで腰を悪くしたおとっつぁん、どうしたい？」「へえ。親分が持ってきてくれた膏薬が効いて、すっかりよくなりやした。ありがとうございやした」とか、「平次《へいじ》、おまえさんの女房のおやすさん、風邪は治ったかい？」などと声をかけ、「へい、おかげさんで。お気遣いありがとうございやす」というと、「そうかい。そりゃよかった」と相手の肩や腕をぽんぽんと軽く叩いて安堵した顔を見せるのだった。町の者、特に長屋住まいの者たちは、体を壊せばすぐに暮らしが立ちゆかなくなる綱渡りのような人生を送っている。そんな彼らを気遣い、なにくれとなく心配してくれる重蔵は近くにいてくれるだけでありがたく、頼もしい存在なのである。

ようやく重蔵が定吉と京之介のいる席に近づくと、定吉が小さな声で、

「京之介さん、本当ですかい」

と、うれしそうな顔をしてなにか確かめている声が聞こえてきた。

(定のやつ、おれのいないところじゃ、若旦那を京之介さんて呼んでるのか)

重蔵は定吉の知らない一面を見た気がした。

「ああ、そんなことは造作もないことさ。まかせておけって」

京之介も重蔵の前では見せたことがない笑顔を見せている。

(ほぉ、ふたりとも年が近いからか、ずいぶん仲がいいんだな。それにしても定のやつ、なにを若旦那に頼んでいるんだ)

そんなことを思いながら、重蔵が定吉と京之介のいる小上がりに腰を下ろすと、酒で顔をほんのり赤くさせている定吉の飯台の上には徳利一本と猪口《ちょこ》、白魚《しらうお》の二杯酢とどじょう鍋、京之介の前には豆腐汁と湯呑が置かれていた。

重蔵は定吉の隣に腰を下ろしながら、

「若旦那、いったいどうしたんです」

と訊いた。番屋廻りを終えた京之介は、奉行所に顔を出してから八丁堀の組屋敷に帰るといっていたのである。

「このところ、母上が顔を合わせるたびにいつ所帯を持つのかって口うるさくてね。もう少し遅くなって帰ろうと思って、親分と定吉がいるこの居酒屋に寄らせてもらったんだ。迷惑だったかな」

　京之介の母親の千代は、京之介が奉行所にいったりいかなかったりする怠け者で困ると、いつだったか重蔵にこぼしていたことがある。千代は、そんな京之介の怠け癖を直し、仕事に精を出すようにするには所帯を持たせることが一番だと思っているのだろう。

「迷惑だなんて、そんなことはありませんよ。なあ、定」

「へい。もちろんでさ。ところで、親分、あの仏の身元、まだわからねえそうですね」

「うむ」

　重蔵と京之介は廻り筋の自身番屋をくまなく回ったが、どこからも家出人の届けは出ていなかったのである。

「定、おまえのほうはどうだった」

「へえ。いろいろ聞いて回ったんですが、これといったことはなにも――」

「そうか……」

　重蔵が声を落としていうと、

「番屋廻りを終えてから親分と別れたおれは、奉行所にいって、殺された男の人相書きを手配するように書役の番人に申し付けてきた。それと、人相書きと家出人の届けがおれの廻り筋以外の番屋に出ていないか調べてもらうように上役に頼んできたから、近いうちに仏の身元もわかるんじゃないかな」

京之介の楽観的な物言いをたしなめるのでなく、もっと慎重に考えたほうがいいという思いから、

「だといいんですがね。しかし、もし親兄弟もおらず、ひとり暮らしで職についていなかったとしたら届けを出す者がいないかもしれませんよ」

と、重蔵はいった。

「ふむ。そうなったら、どうしたものかな」

京之介は、言葉とは裏腹にそれほど困っているようには思えない顔つきをしている。こういうところが、重蔵には京之介がどうにもつかみどころがないように見えるのである。

「無縁仏ってことになりますが、あの亡骸の傷を見る限り、男を殺めた者は相当な悪党であることは間違いありません。そんなやつを野放しにしておくと、こうした事件は増える一方でしょう」

と、そこへ、

「はい、お待ちどおさま」

小夜がやってきて、重蔵の前に徳利一本と猪口、それに煮〆と味噌田楽《みそでんがく》を並べた。

「女将、味噌田楽は頼んでないはずだけどな――」

訝《いぶか》し気な顔で重蔵がいうと、

「親分には、いつもお世話になっていますから。ほんの気持ちです。召し上がってくださいな」

小夜はあだっぽい流し目で重蔵を見ていった。

「そうかい。すまないな。じゃ、遠慮なくいただこう」

「じゃ、ごゆっくり」

小夜は重蔵に続いて京之介と定吉ににこりと笑って、あちこちで注文を口にしている客たちのところに足早に去っていった。

「ところで親分、ここの女将どことなく、お仙さんに似てると思わないかい」

京之介が、くだけた口調でいった。

重蔵は聞こえていないのか、平然と猪口を口に運んでいる。

「なあ、定吉、おまえもそう思うよな」

訊かれた定吉は急に目を泳がせると、

「へ？　いったいなんのことです」

と、裏返った声を出してしらばっくれた。

「あ、おまえも、さっきまで姉さんに似てるっていってたじゃないか」

京之介が大げさに問い詰めるようにいうと定吉は、

「若旦那、さっきの話と違うじゃないですか。しかもよりによって、今日は姉さんの命日なんですよ」

と、参ったなあという顔をしながらいった。

が、京之介は、

「ああ、知ってるよ。だから、いってるんだ」

と、しれっとした顔をしていった。重蔵は顔には出さなかったものの、京之介がお仙の命日を覚えていたことを知って内心驚いていた。

「親分、お仙さんが亡くなって、もう十年だ。母上に所帯を持つようにせっつかれているおれがこういうことをいうのもなんだけど、あの世にいるお仙さんも親分の身の回りの世話をしてくれるいい人と再縁してもらいたいと思っていると思うんだけどねえ」

京之介のその口調は、さっきまでとは違って、しみじみとしたものだった。重蔵から見るとなにを考えているのかつかみどころのないように見える京之介だが、京之介なりに重蔵のことをいろいろ心配してくれているようだ。

「若旦那が、おれなんかのことを心配してくれるその気持ちはうれしいんですが
——」

と、重蔵がいったところで、なにやら店内がざわつきはじめた。

ざわついているほうに目をやると、三十二、三と思われる髪をやけに油でてからせて、雪駄の裏金を鳴らしながら、上物の着物を着た男が店に入ってきた。身なりからして、どこかの店の通い番頭だろう。

その男が空《あ》いていた店の真ん中に腰を落ち着けると、注文を受けにいった小夜のもとで働いている十七のおつねに、

「とりあえず、まずは一番高いお酒を冷やで持っといで」

と、妙に甲高《かんだか》い声でいった。

「高いお酒って、うちはみんな一緒です」

少しぼんやりのおつねは困惑している。

「なんだい、しょうがないねえ」

男は、小馬鹿にした物言いを続けている。

「すみません……あの、肴《さかな》はなににしましょう」

いい返してやりたいのにいえずにいるおつねは、頬をぷっと膨らませて訊いた。

と、男は壁に貼られている品書きを見渡して、

「なんだい、この店はこれっきりしかないのかい？　鯛《たい》の刺身とか蒲焼《かばやき》くらい置いてくれなきゃ、酒を飲む気にもなれないじゃないか」

店じゅうに聞こえるような大きな声を出していった。すると、それまでわいわいと賑やかだった店の中が、急にしんとなった。

男の顔には、明らかに周囲の客を嘲笑《あざわら》う色が浮かんでいる。いつもは鼻っ柱の強い、威勢のいいことばかりいっている長屋住まいの棒手振りや職人たちなのだが、こうした自分たちより金持ちや厚かましい男の前では、情けないほどに卑屈になるのを重蔵はよく知っている。

（嫌な野郎だが、どこでどんな世話になるかもしれねえからなぁ……）

長屋住まいの常連客たちは、心の中でそうつぶやいているに違いないのである。貧しく弱い立場の彼らは、そうした手合いの世話にならなければ生きていけないことを肌身で知っている。そしてまた、その手の輩《やから》は、彼らのそんな心根を充分に見透かしているから、さらに威丈高にのさばるのである。

「ああいう嫌な野郎は、どこの町にもひとりやふたり必ずいますよねぇ」

定吉はあきらめ口調だ。

「親分、ほっとくのかい」

京之介が焚きつけるような口調でいった。

「暴れる素振りを見せてくれりゃ対処のしようもありますが、口だけじゃ手出しするわけにはいかないでしょう」

重蔵は猪口の酒を一気に呷《あお》り、苦い顔を作っていった。

と、そのときである。それまで番頭らしき男の近くの常連客の相手をしていた小夜が、座っていた床几《しょうぎ》から腰を上げて番頭らしき男の前にいくと、すっと立って睨《にら》みつけて口を開いた。

「ちょいと、どこぞの番頭さん」

「なんだい」

番頭らしき男は、しれっとした顔を上げて、小夜を見た。

「ここは居酒屋ですよ。そんなに高いお酒や料理を飲み食いしたいのなら、ご立派な高い料理屋にいったらどうなんです？　あっちこっちに、たくさんあるじゃないですか」

小夜は体を斜めにして、番頭らしき男に冷たい流し目をくれてやりながら、見おろすようにしている。

「その物言いはなんだい。あたしは客だよっ」

番頭らしき男は、気色《けしき》ばんで黄色い声を張り上げた。

だが、小夜は、

「笑わせちゃいけませんよ。お客になるのは、お代をいただいてからの話です」

あくまで冷静に、うっすらと嘲《あざけ》りの笑みを浮かべていった。かつて吉原の花魁だった小夜にしてみれば、目の前の番頭らしき男など小金持ちにも入らない、つまらない男にしか見えないだろう。

すると、番頭らしき男は、

「あ、あたしをいったいだれだと思ってるんだいっ」

と、叫ぶようにさらに甲高い声を出して立ち上がり、握った拳《こぶし》をぷるぷると震わせている。

「さあ、知りませんねえ。いや、知りたくもありませんよ。さ、お帰りは入り口とおんなし、あちらです。おつね、塩を持ってきておくれ」

小夜はきりりとそういい、くるりと背を向けた。

「こ、こんな店、二度ときてやるもんかっ」

　番頭らしき男は、女のような甲高い声を上げてそう叫ぶと、肩を怒らせて、雪駄の裏金をちゃらちゃらと騒がせながら出ていった。すると、それまで小夜と番頭らしき男のやりとりを固唾《かたず》を呑んで見ていた客たちはいっせいに、「よ、女将は器量もいいなら度胸も天下一品だ」だの「ああ、すっきりしたぜ」や「こんないい気分になったのは久しぶりだ、今夜はじゃんじゃん飲もうぜ」などと口々にいって急に勢いづいた。

「定、あれでも女将は、お仙に似てるかい……」

　小上がりから見ていた重蔵が、苦笑いを浮かべながらぽつりといった。

「いえ――」

　定吉は硬い表情で正座になってそういうと、それきり黙り込んだ。

　重蔵は思っていた。小夜の番頭らしき男への対応は、確かに胸がすくものだったし、美人という意味ではお仙も小夜にひけはとらない。だが、お仙はしっかり者ではあったが、小夜のような腹の据《す》わった勝気なところはまったくなく、ただただ優しく、だれに対しても思いやりのある女だった――酔いが回ってきたせいだろう、重蔵は無性にお仙に会いたくなってきた。

「親分、おれがさっきああいったのは、悪気があってのことじゃないんだ」

重蔵が気分を悪くしたと思ったのだろう。京之介が神妙な顔つきになっていった。

「親分、おれもだよ……」

定吉にいたっては、今にも泣き出しそうな顔になっている。

「おれはなにも怒ってなんかいないさ」

重蔵は薄い笑いを浮かべていった。

すると、京之介がいつになく真顔になって、

「親分、さっきおれが本当にいおうと思っていたことは、定吉をおれのもとで下っ引きとして働いてもらうことを認めてもらいたいってことだったんだ」

といった。

重蔵は虚を衝かれて、一瞬、ぽかんとした顔になったが、

「定、おまえのほうから若旦那に頼んだのか？」

定吉に確かめた。

「――へぇ……」

叱られると思っているのか、定吉は体を縮こませている。

重蔵は腕を組み、大きく息を吐いて天井を見上げた。

（そうか。若旦那にしてみれば、ずいぶん年上で、しかも父上の岡っ引きだったおれ

にあれこれ指図はできないし、物言いひとつとっても気を遣う。若旦那にしてみりゃ、おれはいってみれば目の上のたんこぶのようなもんだ。そこへいくと、年がふたつ下の定になら物言いも指図もしやすい。これまでやる気がなさそうに見えたのは、おれへの遠慮がそうさせていたのかもしれないな。だが、かといって若旦那は同心としての経験がまだまだ浅いし、定はそそっかしいところがあって危ない……）

しばし思いを巡らせていた重蔵は、京之介と定吉の顔をじっと見つめて、

「わかりました。しかし、若旦那、定はあくまで下っ引きとしてで、危ない仕事はやらせないでください――おれは五年前、本当の父親のように思っていた若旦那のお父上を亡くしました。そして、十年前の今日は、定の姉のお仙を死なせています。もし万が一にでも定まで死なすようなことがあったら、おれはどう生きていっていいかわからなくなります。ですから、若旦那、それに定、ここではっきり約束してもらいたい。危ないことはさせない、しないって――」

といった。

「わかったよ、親分。定吉にはきっと危ないことはさせない」

京之介が力を込めていうと、

「親分、親分はそこまでおれのことを――うん。わかりました。わかりましたよ、親

分……」

定吉の目にはうっすらと涙が浮かんでいる。

「約束してくれれば、それでいい。じゃ、おれは少しばかり酔いが回っちまったようだから帰らせてもらうけど、若旦那と定はゆっくりしていてくれ」

重蔵がそういって腰を上げたとき、小夜が銚子を一本持ってきた。

「親分、お恥ずかしいところを見せちゃって、あいすみません。これで許してくださいな」

と、徳利ひとつを差し出した。

「いやいや、女将、見事な客あしらいだったよ」

重蔵が草履《ぞうり》を履くと、

「親分、お帰りですか。もう少しいいじゃありませんか」

小夜はすがるような仕草を見せていった。

「酔ってないように見えるかもしれないが、これで結構、いい具合に酒が回ってきちまってるんだ。今夜のところはこれで帰らせてもらうよ」

定吉は、重蔵が嘘をついていることを知っている。家に帰って、姉のお仙の位牌の前で酒を飲もうとしているのだ。月命日でも重蔵はそうしている。そのことを自分から決していわないのは、もちろん照れくさいからだろう。だが、お仙の位牌を前にして酒を飲む重蔵の寂しそうなうしろ姿を定吉は幾度となく見ているが、そのたびにたまらない気持ちになるのだった。死んで十年にもなるというのに、自分の姉を思い続け、恋しく思ってくれている重蔵の気持ちをありがたく思う一方で、切なすぎるとも思うのである。

「それじゃ――」

「お気をつけて……」

小夜は寂しそうな顔を見せている。

「ごちそうさん。どの料理もうまかったよ」

重蔵はお代より多めの金を払って、店を出ていった。

五

「お爺さん、具合はどう？」

行燈に灯りをつけたおかよが、粥を啜っている茂吉の顔を覗き込むようにしていった。

「粥がうめえ。もう大丈夫だ」

粥は、おかよが作ったものだが、茂吉が着ている袷は前に着ていたものより継ぎの少ない袷だ。重蔵がおかよに一朱銀を渡し、近くの古着屋へいかせて茂吉のために買わせたものである。おかよが古着屋から戻ってくると、重蔵は、気を失っている茂吉の袷を脱がせて、垢《あか》だらけの体を湯に浸した布で拭いてやってから着替えさせたのだ。そして、帰ろうとしていた重蔵におかよが釣り銭を渡そうとすると、重蔵は受け取ろうとせず、なにか精がつくものを食べさせてやってくれと、釣銭を押し戻して出ていったのである。

そして、二日が経った今日の朝、茂吉はうっすらと目を覚まし、間近に心配そうな顔をしたおかよの顔がぼんやり歪んで見えたのだった。

「お爺さん、その粥を作ったのはあたしだけれど、親分がお金をくれなきゃ粥も作れなかったし、今着ている袷だって買えなかったのよ。だから、今度、親分が顔を見せにきてくれたら、ちゃんとお礼をいわなきゃだめよ」

茂吉が重蔵に悪たれ口を利いたのを知ったのだろう、おかよは眉間に皺を寄せて子供を叱りつけるときのような口調でいった。

「こんな老いぼれにそんなことまでしてくれたって、何の得にもならねぇのになぁ。

物好きな親分さんだぜ」

「また、そんなこといって――」

おかよが本気で怒った顔で茂吉を睨むと、

「ああ、わかった。あんたのいうとおりにするよ」

茂吉はばつの悪そうな顔をしていったが、内心では、あのとき重蔵に出会い、おかよにこうして介抱してもらわなかったら、今ごろどうなっていただろうと、ぞっとする思いだった。

「親分にはもちろん礼はいうが、おかよさん、あてになんぞならねえだろうが、あんたにもいつかこの礼はさせてもらうよ」

これまで他人の親切など邪魔で、面倒を生むだけのものだと思って生きてきた茂吉だったが、今度の重蔵とおかよの情けは心底骨身に沁みている。

「礼なんて、いいけどさ。そんなことよりひとり暮らしのうえに病持ちじゃ、たいへんじゃないの。どこかにだれか身よりはいないの？」

おかよが心配顔で訊くと、

「そんなものいねえよ」

そうはいったものの、遠い昔、茂吉も人並みに家族を持ったことがある。

だが、極道三昧《ざんまい》の茂吉に愛想を尽かした女房は、ある日、生まれたばかりの娘を連れて家を出ていった。今じゃ、赤ん坊だった娘の顔はむろんのこと、女房の顔や名前さえ思い出せないほどに遠い過去のことである。

「もう少し食べる？」

おかよの声で、茂吉は我に返った。

「ああ、すまねえ」

茂吉はおかよから粥を入れた椀を受け取ると、箸を使わずに椀ごとゆっくりと口に運んだ。

「ところで、あんたの亭主は、どこにいったのかわからねえのかい」

ひと息ついて、茂吉が訊いた。

唐突な問いに、おかよは一瞬、長屋のだれとも口を利かない茂吉でさえも知っているのかとひるんだ顔を見せたが、すぐにあきらめたように「ふっ」と溜め息をついて口を開いた。

「わかるわけないじゃないの。女をこさえていなくなったんだもの。ううん、あんな男、どこへいったかなんて知りたくもない。こさえるのは女だけじゃなくて、博打で借金もこさえちまうんだもの。いなくなってくれてせいせいしてるわ」

おかよは、悲しい笑みを浮かべている。

「そうだったのかい。そいつぁ――」

茂吉は、そこまでいって口をつぐんだ。

「なぁに?」

おかよは、小首をかしげて茂吉を見た。

「いや、なんでもねえ」

茂吉は、またひと口粥を啜り、薄暗い天井を睨んだ。

(まるで、昔のおれみてぇじゃねえか……)

茂吉も昔は博打好きで、ずいぶんと借金をこさえたものだった。そして、女房を泣かせ、借金取りに売られそうになったことも一度や二度ではない。そうこうするうちに、茂吉は借金を取り立てる側に回るようになった。殺しこそしなかったが、匕首で人を刺したことだってある。

茂吉は、十四で錺《かざり》職人の親方のもとに奉公に出たのだが、堪《こら》え性がないために仕事を教えようと厳しくする親方に腹を立ててばかりいて二年もしないころに辞めた。それきり職には就くことなくぶらぶらしているうちに悪い仲間と知り合い、川の流れのようにすんなり悪の道に染まっていったのである。

若いころは極道を気取って粋がり、金回りがよかったこともあったが、すぐに博打と女に使ってしまい、三日と手元に金があったためしはなかった。その挙句の果てに、女房にまだ赤ん坊の娘を連れて逃げられたのだが、茂吉はいっそせいせいしたものだった。悪いことだろうとなんだろうと思う存分、好き勝手に生きてきた。その報いが、この年になってきただけのことだ——茂吉は、そう思っていた。

しかし、おかよにこうして介抱されると、これまで茂吉は、ほんの短い間ではあったが家族があった日々のことが、どうしようもなく懐かしく恋しいものに思えた。

(迎えが近《ちけ》ぇってこったろう……)

薄笑いを浮かべながら、茂吉は残りの粥を啜った。

「ごっそうさん」

そういって椀を置くと、おかよは膳《ぜん》を持って台所にいった。

そして、水音を立てて素早く洗い終えると夜具を敷き、

「じゃあ、明日、またきてあげるから」

そういうと、おかよは、そそくさと土間に下りた。

「もうこなくていいやな」

腰高障子に手をかけたおかよの背中に、茂吉はいった。

「なによ、遠慮なんかいらないのよ。またこの間みたいなことになったらどうするのさ」

振り返ったおかよは、わざと軽く睨むようにいった。

「おまえさんも小せぇ娘を抱えてたいへんなんだ。こんな爺の世話をしてる暇はねぇはずだろ」

おかよには、まだ三つの娘がいるのだ。そのために外に出て働くわけにもいかず、朝から晩まで人に頼まれた縫物仕事をして、やっとこさの暮らしをしていることを茂吉は知っている。

「なにいってんの、困ったときはお互いさまじゃないの」

「ありがてぇが、口うるせぇ長屋の者たちが、なにをいうかわかったもんじゃねぇ」

「なにをいうかわかったもんじゃないって？」

おかよは眉を寄せて小首をかしげると、すぐに明るい顔になって、

「いやねえ。お爺さんとあたしは、親子ほど年が離れてるのよ。いくら噂好きな人たちでもそんな馬鹿なこと思うはずがないじゃないの」

と、口に手を当てて笑った。

そうして笑うと、おかよの細い目は筆で線を書いたようになくなってしまう。

おかよにそういわれて、茂吉は、まだいっぱしの男でいる自分がおかしくなってきた。

「そういやぁ、おかよさんのおとっつぁんとおっかさんはどうしてるんだい」

するとおかよは、急に顔を曇らせて、

「おとっつぁんは、あたしが物心つく前に死んじまったし、おっかさんは五年前に――あたしもお爺さんと同じで、身よりがないの」

といった。

「そうだったのかい。そいつは、つまらねぇことを訊いちまったな。すまねぇ」

「ううん。だから、お爺さんのことが他人事《ひとごと》に思えなくて。じゃ」

おかよが去ると、まだ寝る時刻ではないが、なにかやることがあるわけでなし、茂吉は行燈の灯を消して夜具の上に横になった。

下腹の痛みは小さくなってはいたものの、消えることなくまだ続いて、眠ろうにも寝つけない。茂吉は、しばらく闇の中で目を見開いていた。そうしているとおかよの娘、さきの泣き声が聞こえてきた。さきが眠った隙を見て、おかよは茂吉のところに粥を作りにきてくれたのだが、おかよが自分の家の戸を開けた物音で眠っていたさきが目を覚ましたのだろう。壁の薄い裏店は、隣の家の些細な音でも丸聞こえである。

以前からおかよの娘の泣き声はしょっちゅう聞こえて、泣き止むまでは、「うるせぇな」と舌打ちをした茂吉だったが、今では子守唄のような心地良いものに聞こえる。

（人なんてものは、勝手なもんだ……）

おかよの娘は、いつしか大泣きから小さなしゃくりあげた泣き声に変わっていた。

それを聞きながら目をつむると、不意に瞼の裏に赤ん坊をおんぶしている茂吉の女房のうしろ姿が浮かんできた。

しかし、茂吉がいくら女房と赤ん坊の顔を思い出そうとしても、女房は振り返ってくれず、女房と娘の顔を見せてくれることはなかった。

（これだから、情けを受けると厄介だ……）

茂吉は暗闇の中で、悲しい笑みを浮かべた。

そして、おかよの娘のしゃくり声を聞いているうちに、茂吉は浅い眠りについていた。

六

翌朝、町廻り前に、茂吉の様子が気になっていた重蔵が庄兵衛長屋にいってみると、おかよの家の前の路地に長屋の者たちが四、五人集まっていた。

「なんの騒ぎだい?」

集まっている長屋の見知った顔の男に声をかけると、

「あ、親分——どうやら、おかよさんの亭主が借金作ってどっかへいなくなったらしいんですよ。で、借金取りがやってきて、亭主が書いた証文を見せて、おかよさんを脅してんです。まったくかわいそうに」

と、小声でいった。確かにおかよの家の中から、ドスの利いた声が途切れ途切れに聞こえてきている。茂吉の姿は見当たらない。まだ具合が悪く、家の中で横になっているのだろう。

「あんた、余計なこというんじゃないよ。聞こえたらどうすんのさ。こっちにまで火の粉が飛んできて、厄介なことになっちゃたまったもんじゃない」

話してくれた男の隣にいた太った女房が顔をしかめていった。

重蔵が長屋の者たちの間を割っておかよの家に近づくと、家の腰高障子が開いていて、おかよが娘のさきを守るように抱きかかえながら、部屋の隅で小さくなってうなだれているのが見えた。おかよの前に痩せた男が背中を見せて座っている。

土間には、相撲取り《すもうと》りのように太った背丈の高い若い男が斜めに立って、長屋の者たちと部屋にいるおかよとさきに半々に目を配っている。

「おい、なんだよぉ」

重蔵が土間に足を踏み入れると、太った男が立ちふさがった。目の高さが同じだ。重蔵は六尺もあるから、太った男もかなり大男である。

「なんの騒ぎか訊きたいだけさ」

重蔵が懐に隠し持っている十手を見せながらいった。いつもは神棚に供えるようにして置いている十手を持ち歩いているのは、まだ小名木川に浮かんでいた男の亡骸の件が終わっていないからである。

「あ、兄貴――」

太った男は慌てた声を出して、うしろ向きに座っている男のほうに顔を向けた。

「そこのおまえさん。聞こえてんだろ」

重蔵が、おかよとさきの前であぐらをかいている男の背中によく通る声でいうと、

「他人様のことに、関わらねえでもらいてぇなあ――」

痩せて見えるが、着物の上からも引き締まった筋肉をしていることがわかる男がくるりと振り向いた。こけた右頬に刃物で切られた長い傷の跡がある。年は重蔵とおっつかっつだろう。鋭い目つきといい、相当な悪事を重ねてきた者だということが、即

座に知れた。重蔵は、目の前にいる男が一瞬、お仙を殺めた鍬蔵の顔に重なって見えた。

「おれは、深川の重蔵ってもんだが、おまえさんはどこのもんだい」

重蔵が上がり框《かまち》に腰を下ろしていった。

「これはこれは、泣く子も黙る重蔵親分のお出ましとは驚いたな。おれは名乗るほどのもんじゃありません。浅草の『巴屋《ともえや》』からきた使いの者だってことだけいっときやしょう。しかし、いくら名うての重蔵親分が出張《でば》ってきたところで、埒《らち》のあく話じゃござんせんよ。おとなしく帰ってもらえませんかねえ」

浅草の「巴屋」は金貸しの中でも、特に高利の金貸しとして知られている。

「そこにいるおかよさんとは、ちょいとした縁のある仲でな。そんな人が厄介事に巻き込まれていると知っちゃあ、黙って帰るわけにはいかないだろ」

重蔵は十手を懐から取り出すと、それを肩に持っていき、軽く肩を叩きながらいった。

(おまえさん、叩けばたんと埃が出そうだ。そっちの出方によっちゃあ、番屋までしょっ引くがいいのかい)

重蔵は体全体でそういっているのだ。

それが通じたのだろう。男は重蔵から視線を外すと、冷たい笑みを浮かべながら懐に手を入れ、

「これを見てくださいな。この女の亭主が借金こさえたんですよ」

と証文の書きつけを取り出して見せた。

「十両。確かに借用つかまつりましたと、この女の亭主の栄治《えいじ》って名と爪印がありやしょう。ところが栄治の野郎、しばらく姿を見せねえと思っていたら、遊び仲間が栄治が女を作って逃げたって知らせてきましてね。泡食って家にいったときゃあ、もぬけの殻ですよ。で、こうして栄治の嬶《かかあ》の居場所を探し回って、ようやく見つけたってわけでさぁ」

「その証文は確かに亭主のものかい？」

おかよにいうと、おかよは悔しそうな顔をして小さく頷いた。

「で、どうしようっていうんだい」

「どうもこうもありませんや。もうとっくに返済期限は過ぎてるんですぜ。ところが、家の中のものを見たって、このとおりだ。金目のものなんか何ひとつありゃしねえ。この嬶に女郎屋で働いてもらうまでですよ」

おかよは、びくっと体を震わせると、娘のさきを強く抱きかかえた。

「そりゃ話がおかしくないか？　おかよさんは、亭主に女ができて捨てられたんだろ。取り立てるなら、逃げた亭主を探すのが筋ってもんだろう」

重蔵は説得することなど無駄だということを承知でいった。借金取りを生業《なりわい》にしているこうした男たちは、情けの欠片《かけら》も持ち合わせていない血も涙もない冷酷な連中で、金のためならどんなことでもやることを重蔵はよく知っている。

おかよの亭主の栄治を探そうとしないのは、どうせ金など持っていないことを知っているからだ。ならば、女房を女郎屋で働かせたほうが手っ取り早い。いや、もしかするとおかよの娘をどこかへ売り払いかねない。

だが、重蔵でもさすがに十両もの大金をすぐに用意できるはずもない。できることといえば、栄治を探し出すことだけである。

「よし、わかった。じゃ、こうしよう。栄治は、このおれが探し出そう。それまで、おかよさんに手は出さない。どうだい。約束してくれるかい」

「親分さん、何度いやあいいんです。返済期限はもうとっくに過ぎてるんですよ」

「おれの頼みが、聞けないってのかい」

重蔵は男を強く睨みつけた。が、男も負けまいと、重蔵から目を逸《そ》らさずにいる。

重蔵は、ふっと鼻で笑い、

「どうもおまえさんとは話が合わないようだから、「巴屋」にいって、直談判したほうがよさそうだな」

上がり框から腰を上げ、十手を懐にしまいながら重蔵がいった。

すると、

「親分――」

男がすかさず口を開き、参りましたとばかりに胡坐《あぐら》をかいていた足を正座に組み替えて、

「わかりましたよ。じゃあ、期限を切りましょうや。しかし、長くは待てませんぜ」

と、手で頭を掻きながらいった。「巴屋」に直談判にいくといったとたん、この豹変ぶりである。借金の取り立てで火の粉が飛んでこぬように、「巴屋」に強くいわれているのだろう。

（この男と「巴屋」の関わりを探っておいたほうがよさそうだな……）

そう思いながら、

「そうだな。十日もらおうか」

重蔵がいうと、

「それ以上は待てませんぜ」

男は懐に証文を折りたたんで立ち上がり、土間に下りて履物をつっかけると、おかよに振り返っていった。

「いいか。くれぐれも逃げようなんて考えねえこった。また名を偽《いつわ》っても、おれたちはどんなことをしてでも探し出すからなあ」

「名を偽る？」

重蔵が思わず口にすると、

「親分、ちょいと縁のある仲だってぇのに知らなかったんですかい。この女、ここじゃ、おかよと呼ばれているらしいが、本当の名は、おみつってんですよ。そうだよなぁ」

男はおかよをせせら笑うように見ていうと、若い男を伴ってぴしゃっと激しく音を立てて戸を閉め、おかよの家を出ていった。

「名を偽っていたのは、栄治とかいう亭主から逃げるためだったのかい」

重蔵はふたたび上がり框に腰を下ろし、まだ怯《おび》えているおかよに同情の眼差しを向けて確かめた。

「はい。こんな日がくるような気がしていたもんですから……差配さんにお願いして、おかよの名で通させてもらうことにしていたんです」

「そうだったのかい。ま、今は一刻も早く亭主の栄治を探すしかないが、栄治って男は仕事、なにしてたんだい」

「はい。浅草の駒形町《こまがたちょう》の親方のところで指物師《さしものし》をしていたんですが、喧嘩っ早いうえに博打好きなものですから、お金のことで親方にずいぶん迷惑をかけてクビになったんです。それからは仕事にも就かず、博打場に入り浸るようになってしまって……」

　そこまでいうと、

「入《へ》ぇるぜ」

　腰高障子が開いて、茂吉が入ってきた。

「あら、お爺さん」

　驚いたようにおかよは、ひょいと顔を上げていった。

「よぉ、爺さん、具合はどうだい」

　重蔵が、茂吉の足元から顔までさっと見上げていった。

「へえ。親分さんには、なにからなにまで世話になっちまって、申し訳ねえやら、ありがてぇやらで――親分が恵んでくれた金で、おかよさんが粥や草汁《くさじる》を作ってくれているもので、ずいぶん楽になりやした」

確かに顔色がいくぶんよくなっている茂吉は、人が変わったような口ぶりでいった。

「そうかい。そりゃよかった」

「ところで、さっきの騒ぎ、嫌でも耳に入ってきちまって――」

あれだけの騒ぎが隣の家の茂吉の耳に聞こえないわけはない。茂吉はひとまず落ち着くのを待っていたのだろう。

「おかよさん、筆と墨はあるかい」

唐突に茂吉が訊いてきた。

「あたし、文を書くことなんかないから、持ってないわ」

「矢立《やたて》ならあるが、なにを書こうってんだい」

重蔵は帯に差してある矢立を取り出して見せた。

「へい。おれはこれでも昔、錺職人をしていたことがありましてね。錺職人は客にどんな錺がいいのか訊いて、それを絵にして確かめるんだが、おれは錺を作るのは下手《へた》だけど、絵を描くのは得意でしてね。だから、栄治の人相書きを描こうかと。そうすりゃ、栄治を探すっていう親分の手助けに少しはなるんじゃねぇかと思いやして」

「そいつはいい考えだ。栄治の人相書きがあれば、手下を使って探すことができる。おかよさん、紙を持ってきて、栄治がどんな顔つきなのか、爺さんに詳しく話してくれ」

「はい――」

おかよは宙に視線を向け、懸命に栄治の顔を思い出しながら特徴を話しはじめた。それを聞きながら、茂吉が人相を描き込んでいく。

「――他に、なんか特徴はねぇかい？」

「そうねぇ……あぁ、薄いから目立たないけど、あごの左下に小さな痣《あざ》があったわ」

それを聞いたとき、重蔵の耳がぴくんと動いた。

「どのあたりかね」

「ここ――」

おかよが指さしたところに、茂吉が筆の先で薄い痣を描き込み、人相書きが出来上がった。それを見た重蔵の顔に驚きの色が一気に広がった。

「ちょっと、これを見てくれ」

重蔵は茂吉とおかよにいい、袖から二つ折りになっている紙を取り出して開いて見せた。小名木川に浮かんでいた男の人相書きである。

「あ……」

それを見たおかよが、小さく驚きの声を上げた。無理もない。ふたつの人相書きがとてもよく似ていたのである。

茂吉も、重蔵が見せている人相書きと自分の描きかけの人相書きをじっくり見比べ、

「ふたりともよく似ているだけじゃねえ。痣のあるところも一緒だ――」

と、驚いた顔をしている。

「おかよさん、おれが持ってた人相書き、もう一度、しっかり見てくれ」

「本当に、うちの人にそっくりで、痣の場所まで一緒――でも、どうして親分がうちの人の人相書きを持っているんです？」

悪い予感を覚えたのだろう、おかよの顔は青ざめている。その横で、三つになる娘はいつの間にかすやすやと眠っていた。

「三日前、小名木川に浮かんでいたんだ……」

重蔵がいうと、おかよは絶句した。茂吉はなにやら考え込んだ顔つきになっている。

（どうりで、どこからも届けがなかったわけだ……）

胸の内でそうつぶやいていると、

「親分、もしかすると、さっきの野郎に――」

茂吉はそこまでいって口をつぐんだ。「殺されたんじゃないか」といいたかったのだが、女を作って逃げたというろくでなしの亭主とはいえ、娘のさきの父親なのだ。

はっきり口に出すのは酷《こく》というものだろう。確かに茂吉の見立てもなくはない。しかし、それはあくまでも当て推量にすぎない。今一番の問題は、おかよを助けるために栄治を探し出し、「巴屋」に借りた十両を栄治に返させることができなくなったということである。

「この男の身元がわかったからには、奉行所に知らせなきゃならない。さっきの男たちのことは、あとで考えるとしよう」

重蔵はそういうと、そそくさとおかよの家を出ていった。

「おかよさん、おれも少し横になりたくなった。家に戻らせてもらうぜ」

「ええ」

おかよはとても不安そうな顔をしたが、茂吉はひとりで考えなければならないことがあるのだった。

（おかよさんの亭主の栄治が死んでいるとなると、「巴屋」の使いだといっていたあのやくざ者は、なんとしてもおかよさんに金を返させようとするだろう。さて、どうしたもんか……）

おかよの家にいたときから、また下腹の痛みが疼き出していた。茂吉はおかよが作ってくれた鍋の冷めた草汁を飲み、夜具の上に寝て天井を睨んだ。

（こんな体じゃあ、押し込みを働いたところでうまくいくはずもねえ）

茂吉が仲間の男とふたりで手を組んで、最初に押し込みを働いたのは、十年ほど前のことだった。根津《ねづ》の商家に押し入り、人を殺めることもなく五十両もの金をなんなく手に入れた。ふたりは当分、その金を博打と女に使って、遊んで暮らした。一度そんなうまい目を見ると、もういけない。金がなくなると、どちらからともなく、またやろうといい出した。

そして、目をつけた本所《ほんじょ》の商家に押し入ったとき、遊び仲間から情報を得ていた奉行所の手の者たちに張られていて、金を取ることもできずふたりは逃げた。

暗闇に浮かぶ御用提灯《ごようちょうちん》が迫る中、茂吉は必死で逃げて冬の大川《おおかわ》に身を投げて難を逃れたが、ふた手に分かれて逃げた仲間の男は材木置き場に追い詰められて、崩れた材木の下敷きになって圧死した。茂吉は、それを機に盗みから足を洗い、遊び仲間たちからも離れて、方々を転々としながら噂が消えるのを待つうちに、十年という歳月が流れたのだった。

それにしても、と茂吉は思う。

（おかよさんが、おれの娘と同じ、みつという名とは驚いた……）

年まで一緒とはいえ、そんな名は、いくらでもいる。ただの偶然に違いない。だいたい、おかよは、父親は物心ついたときにはもう死んだといったではないか。だが、おかよの母親の名はなんていうのだろう？　と茂吉は思ったが、訊くに訊けなかった。怖かったのである。その一方で、そうであってくれたらと願う気持ちもあった。

いや、みつが他人であろうと、もし万一自分の別れた娘だろうと茂吉は、おかよを救わなければならない。あのとき、おかよに助けてもらわなければ、とっくに死んでいたかもしれないのである。

（どうせ、長くねぇ命だ。礼を返すいい機会に恵まれた）

――そう茂吉は腹を決めたのだった。

七

三日が経った朝五ツ――春とはいえ、寒の戻りだろう、じっとしていると体が震えるほど寒い朝だった。手に吐く息をかけながら、重蔵と京之介が浅草の材木町《ざいもくちょう》にある「巴屋」を物陰から見張っていると、「巴屋」の使いと名乗った四十過ぎの男とその手下の太った若い男が出てきた。四十男は助五郎《すけごろう》といい、手下の若い男は次郎吉《じろきち》という名であることは、定吉が調べてくれていた。

定吉の話によると、助五郎は「巴屋」に住み込んで用心棒と借金取りとして働いているということである。重蔵は、もし、助五郎が栄治を殺したとすれば、どこかでぼろを出すに違いないと考え、見張ることにしたのである。

「巴屋」を出た助五郎と次郎吉のあとを尾けていくと、ふたりは足早に両国橋《りょうごくばし》を渡っていき、深川富川町《とみかわちょう》の「近江屋《おうみや》」という油問屋の前で足を止めた。

「呼んでこい」

助五郎が次郎吉に、あごで命じた。

次郎吉が店に入ってしばらくすると、羽振りのいい着物を着ているが、顔色の冴えない若い男を伴って出てきた。

助五郎が歩き出すと、次郎吉の横を悄然とした面持ちで「近江屋」から出てきた若い男がついてゆく。

三人の男たちは横川《よこかわ》べりを無言のまま歩いていたが、小名木川に架かる新高橋《しんたかばし》の手前で「近江屋」から出てきた若い男が足を止め、

「どこへ連れていくんです？」

白い息を吐きながらかすれた声を出した。

「もう少しですよ、若旦那――」

助五郎はそういうと、小名木川べりをしばらく歩き、やがて土浦《つちうら》藩土屋《つちや》家の下屋敷裏の空き地に足を踏み入れた。重蔵と京之介も気づかれないように慎重に尾いていった。

小名木川の水面は、冷たい風に吹きつけられて寒々しいさざ波を立てている。あたりは人の腰ほどもある草が伸び放題で人影はない。

「ふふふ。あの助五郎という男、やはり怪しいな」

下手人の目ぼしがつきそうになったのがうれしいのか、寒さを忘れたかのように顔に涼しい笑みを浮かべた京之介が小声でささやくようにいった。定吉を下っ引きとして使っていいといってから、気のせいか京之介は重蔵との探索を以前のような嫌な顔をせずについてくるようになった。

京之介が考えているように確かにここで人を殺しても、だれかに見られることはまずないだろう。もし亡骸をすぐ前の小名木川に投げ捨てれば、自然と下流の高橋のほうへ流れていくはずである。

「へえ。栄治はここで殺《や》られたのかもしれませんね」

重蔵も小声で答え、京之介と一緒に腰を低く落として姿を見えなくしながら、忍び足で助五郎たちに近づいていった。

「若旦那、忙しいところすみませんねぇ」

懐手《ふところで》をした助五郎が、やけに丁寧な言葉を使っている。

「ここんところ、若旦那が賭場に顔を見せてくれねぇもんで、『巴屋』の親爺さんが気を揉んでいるんですよ」

「…………」

若旦那は、うなだれてなにも答えない。

「黙ってちゃ、わからねえなあ」

助五郎は、ちらりと若旦那を見ながら、さっきとは人が変わったようにドスの利いた声でいった。

「と、賭場にいこうにも金がないんだ。親父も感づいていて、なにかとうるさくてね」

若旦那の声は震えている。寒さに恐怖が加わっているからだろう。

「仮にも老舗《しにせ》の『近江屋』さんの若旦那だ。まさか逃げやしねえでしょうと『巴屋』の親爺さんをあっしがなだめてるんだ。だが、今日こそいい返事を聞かしてもらわねえと、あっしが怒られちまうんですよ」

「もうあんないかさまばかりする賭場にはいかないよ」

若旦那がそういうと、助五郎の目に一気に怒りの色が宿った。

「おい、もう一回いってみな。いかさまばかりする賭場だと？　そいつは聞き捨てならねえぜ」

懐から手を抜いた助五郎は、左手の指で自分の右の袖を摑み上げ、彫り物を見せて凄んでいった。

だが、若旦那も負けてはいない。

「こんなあたしだって、それくらいのことはわかってるんだっ。だから、賭場になんかもういかないよっ」

恐怖に駆られて、素《す》っ頓狂《とんきょう》な声を出しながらも突っぱねた。

「そうかい。そっちがそう出るなら、こっちもはっきりいわせてもらうぜ。おめえには、これまで莫大な金を貸してるんだ。よもや忘れてるわけじゃねえよなあ。これから証文持って、おめえの親父さんとこいって騒ぎを起こしてもいいんだぜ」

助五郎は、ドスの利いた低い声を出しながら、ずいずいっと若旦那ににじり寄っていく。

「そ、そんなことされたら、あたしは勘当されちまうよ……」

追い詰められた若旦那が助五郎の袖にすがりつこうとしたが、助五郎はそれをさっと跳ね返した。

「賭場とは縁を切る、こさえた借金は返せねえじゃ、話にもなんにもならねえだろ。若旦那、あんた、知ってるかい。四日ほど前、この小名木川の下ったところに架かっている高橋の近くで三十男が、体のあちこちを切り刻まれて浮かんでいたらしいぜ。どうも、そいつもうちから金を借りてたって話だ」

そのことを知っているのだろう。若旦那は、遠目からでもわかるほど、わなわなと震え出した。栄治を殺したのは、やはりこの助五郎と見ていいだろう。

「まあまあ若旦那、そんなこの世の終わりみてぇな顔をしなさんな。あんたまで殺しはしねぇよ。どうしてかわかるかい。殺された男は、借りた金を返せねぇことがわかったから殺されたんだ。だが、若旦那は違う。借りた金はちゃんと返してくれるお人だし、これからもおれたちと長ぇ付き合いをしてくれると思ってるからさ」

助五郎はまた優しい声音になって、しゃがみ込んでいる若旦那の隣に腰を落として肩に手を添えた。体じゅうを切り刻んで苦しみを与えて栄治を殺し、顔だけ無傷にしたのは金を返そうとしない者たちへの見せしめだったのである。

「じゃ、若旦那、近ぇ《ちけ》うちにまた賭場で待ってますぜ」

助五郎はそういうと立ち上がった。そして、あたりを見張らせていた次郎吉を連れて歩き出したときである。

「栄治を殺ったのは、おまえさんだったんだな」

近くの草むらに潜《ひそ》んで話を聞いていた重蔵が、ぬっと立ち上がって姿を見せた。

助五郎は一瞬、ぎょっとした顔を見せたが、すぐに不敵な笑みを浮かべると、

「なんのことだか、さっぱりわからねぇなあ」

と、すっとぼけた。気がつくと、次郎吉は逃げたのだろう、姿を消していた。

「それじゃあ、しょうがない。ちょいと、一緒にきてもらおうか」

重蔵の背後に隠れるようにして立っていた京之介が、重蔵の横に姿を見せていった。

ちょいときてもらおうかといった先は、もちろん自身番屋である。

「へい、へい」

一目で同心とわかる着流し姿に大小二刀と朱房のついた十手を帯に差している京之介の姿を見た助五郎は、不貞腐れた顔つきになって、しぶしぶ重蔵と京之介のあとについていった。

「近江屋」の若旦那はというと、だれもいなくなったというのに、まだ草むらでしゃがんだまま両手で頭を抱えて、がたがた震えながら途方に暮れている。

と、がさっという草をかき分ける音とともに、

「若旦那、おれも話を聞かせてもらいやしたぜ」

という男の声に、若旦那はびくっとして顔を上げた。

草むらから姿を現したのは茂吉である。

「あ、あんたは？……」

若旦那の顔色は、蒼白になっている。

茂吉の人相の悪さに、ぞっとしているようだ。

「なにも怖がることはねえ。おれは、若旦那の味方さね」

茂吉は草むらに隠れて、すべて聞いていた。茂吉も重蔵に黙って助五郎たちのあとを尾けていたのである。その狙いは、借金の取り立てにあっている相手を吟味し、手を貸してくれそうな相手を探すことだった。そして、ようやく見つけたと思い、「近江屋」の若旦那にこうして声をかけたのである。

「おれもあの「巴屋」の使いの男たちに泣かされているひとりでね。若旦那がちょっと手を貸してくれさえすりゃあ、おれと若旦那の借金も消してやりますよ」

「こ、これ以上の厄介はごめんだ。ごめんだよ……」

若旦那は今にも泣き出しそうな声でそういうと、また頭を抱えた。

「なぁに心配はいりませんや。手を貸すといったってぇ、若旦那にとっちゃあ鼻毛を抜くような造作もねえことさ。実は、おれは、病持ちでもう命が長くねぇんですよ。だが、あいつらに泣かされっぱなしで、このまんまおっちんじまうのは悔しくてならねぇ。そこで、『巴屋』に一泡《ひとあわ》吹かせて死にてぇのさ。どうです、聞いてみるだけ聞いてみちゃくれませんか」

茂吉がじっと顔を見つめていると、若旦那はかすかに頷いた。

茂吉は、若旦那の耳に両手をあてて語りかけた。

「そ、そんなこと――爺さん、本気なのか」

聞き終えた若旦那は、唇まで白くさせながら、怯えた目で茂吉を見た。

「ああ。本気でさ。今いったことが、うまくいってもいかなくても、おれはどっちみち近ぇうちに死ぬんだ。それに考えてみてくだせぇ。若旦那が手ぇ貸したといっても若旦那とおれは真っ赤な他人だ。若旦那にゃ、なんの迷惑もかかりゃしねぇやね。こんないい話、滅多にあることじゃねえと思いますがねぇ」

「わ、わかった。うん、わかりました」

「ありがとよ。だが、運良くうまくいって、もし若旦那が約束を果たさなかったら、おれは化けて出ますぜ」

「約束する。そんなことはお安い御用だ」

「ふふ。そうですかい。おれの目に狂いはなかったことを願《ねげ》ぇますぜ。それと、まあ、これはわかっているとは思うが今後一切、博打には手を出さねえことですよ」

「ああ、ああ。わかってるよ」

何度も強く頷く若旦那の顔に、ようやく血の気が戻ってきていた。


常磐町の自身番屋に連れていかれた助五郎は、奥の間の柱に鎖で繋がれ、重蔵に問い詰められていた。

「栄治を殺めたのはおまえだろう。さっき、そういっていたのをこの耳でしっかり聞いてるんだ。いい加減に認めたらどうだっ」

重蔵は、助五郎の胸ぐらを両手で締め上げて白状を迫ったが、

「何度も……同じことをいわせるな……おれじゃねぇ……栄治が殺されたことは、噂で知っただけだ……」

助五郎は顔を歪めて同じことを苦し気にいうばかりだ。

重蔵は長年の勘から、助五郎は簡単に白状するような男ではないと思っていた。だから、すぐに京之介を奉行所にいってもらい、大番屋に連れていく許しを得るよう頼んである。

大番屋は、通称「調べ番屋」とも呼ばれ、拷問を行うことで知られる伝馬町の牢屋敷に送るべきかどうかを判断するために被疑者を留置し、吟味方与力と同心が厳しく取り調べをするところである。そして、牢屋敷送りが妥当と判断されれば、奉行所の御用部屋同心に調書を見せて報告し、入牢証文を作成してもらう。その入牢証文が得られなければ、伝馬町の牢屋敷は引き取ってくれないことになっている。

どれくらい責め問いを続けていただろう。夕刻近くになって、奉行所にいっていた京之介が顔を曇らせて自身番屋に戻ってきた。

「親分、ちょっと――」

京之介が外に出るように顔でいった。

「この近くの大番屋だと……」

重蔵が訊くと、京之介は口の端を歪め、

「いや、今夜じゅうに白状しなかったら、明日の朝、放免してやれといわれたよ」

と悔しそうな顔をしていった。

「そりゃいったいどういうことです」

「おそらく逃げた次郎吉から話を聞いた『巴屋』が、上役に袖の下を渡したんだろうな」

よく使われる手ではある。それに助五郎は、栄治が殺されたとはいったが、自分が手を下したとはいっていないのは確かだ。そのうえ、殺したという証拠は何もないのである。

「わかりました。こうなりゃ、明日の朝まで問い詰め続けて、なにがなんでも白状させますよ」

重蔵は腸《はらわた》が煮えくり返る思いをしながら、ふたたび助五郎のいる場へ戻っていった。

八

日がとっぷりと暮れている中を浅草に向かって歩いている茂吉は、久しぶりに体のだるさも感じず、下腹の疼く痛みも心なしかずいぶんと小さくなっている気がしていた。

ここ数日、草汁を飲んで休んでいたこともあるだろうが、おかよの家でおかよと娘のさきと晩飯を食べたことが茂吉の気持ちを弾ませているのである。

膳には、白米と今が旬の細魚《さより》の刺身、青菜のひたしにシジミの味噌汁が載っている。

すべて茂吉が、白米は米屋から、魚と青物は棒手振りから買ってきたものだ。

それらを持っておかよの家にいき、これを料理して三人で食おうというと、おかよは細い目を開いて驚いた顔になった。

「賃金もらえたもんでな」

と、茂吉はいったが、その金は「近江屋」の若旦那にせびったものだ。

しかしここ数日、朝から助五郎たちのあとを追うために出かけていたのを、おかよはてっきり日雇いに出ているると思っているようで、怪しむ様子はなかった。

「お爺さん、あたし、女郎屋で働くよ」

飯を食べ終えたおかよが、白湯《さゆ》を手にしていった。

（おかよさんは、わかっちゃいねぇ……）

茂吉は、胸の内でつぶやいた。苦界《くがい》にいったん身を沈めると、そこから這い出すことは不可能に近い。無間《むげん》地獄のその日々は、はじまったとたんに覚悟などすぐに吹っ飛び、死ぬより辛い毎日だけが続くのである。

――死んだほうがましだよ……。

茂吉は、何人の女郎たちからそんな声を耳にしたことだろう。

しかもその苦界に追いやったうちの何人かは、茂吉がそうさせた女たちだった。

――運が悪かったんだ。あきらめな。

茂吉は、冷ややかな目を向けて他人事のようにそういったものである。

だが、今そうなろうとしているおかよの前では、そんな言葉は口が裂けてもいえない。いや、いってはいけないことだ。なんとしてでも助けてやらねばならないのである。

「安心しなって。亭主がこさえた借金のことなら、おれがなんとかするさ」

茂吉はそういったが、おかよは、

「ふふ。十両もの大金をどうやって集めるっていうの。お爺さん、いいのよ、もう。久しぶりにおいしい晩御飯をたらふく食べさせてもらっただけであたしは十分、礼はしてもらったと思っているんだから。借金のことなら、あたしが女郎屋にいけばそれで済むんだもの」

悲しく笑ったその目が潤んでいる。

「まぁ、そう自棄《やけ》にならねぇこった。直《じき》にいいことが、きっとあるさ」

「生きてて、いいことなんかあるのかしら。ねえ、お爺さんには、なにかいいことあった」

「ふふ。若くて粋がってたころは、そりゃあったさ」

「そう……あたしなんか、生まれてこのかた、いいことなんてひとっつもありゃしなかった。だから、せめて、さきにはあたしみたいにはなって欲しくないいんだけどね」

おかよは、小さくため息をついた。

「なあ、おかよさん、ひとつ訊きてぇことがあるんだが――」

茂吉は、大きく息を吐いていった。

「なに？」

おかよは、癖なのだろう、小首をかしげて茂吉を見た。

おかよと晩飯を食べたその夜更け、吾妻橋《あづまばし》を渡って浅草に入った茂吉は、材木町を右に折れて南に下り、並木町《なみきちょう》の路地を左に曲がった。

そして商家が続く道をしばらく歩き、さらに路地を曲がると人通りはまったくなくなった。

その奥まった場所に目指す「巴屋」はある。ここの使いの男ふたりを尾けていた茂吉は、板塀で囲まれているこの家に、六十過ぎのでっぷりと太った主《あるじ》と年の離れたきれいな女房、そして用心棒と借金取りの仕事を兼ねた助五郎の三人で住んでいることをつかんでいた。

だが、昨日、助五郎は重蔵と京之介によって栄治殺しの下手人としてしょっ引かれていったから、茂吉はいよいよこれからやる大仕事がうまくいくに違いないと自信をつけていた。

（ここまでくれば、あとは連中が眠りにつくのを待つだけだ……）

茂吉は、きた道を少し戻って横丁に入り、朽ちかけた無人の長屋に向かった。

大根を薄く切ったような待宵月《まつよいづき》に照らされて浮かぶ無人の長屋は、不気味な静けさに包まれているが、茂吉には都合がよい隠れ場所である。

ここも下見して探しておいた。こうした場所は、夜鷹《よたか》がひいた客を連れ込むことや物乞いが寒さをしのぐためにやってくることがあるが、物乞いに見られてもおかしくない茂吉がいても怪しまれることはない。

茂吉は長屋のくぐり戸の一番手前の、戸が破れた家に入ると、履物を脱がずに部屋に上がり込んだ。そして、破れた床板に手を伸ばし、隠していた小樽を取り出した。

油問屋の「近江屋」の若旦那が用意してくれたものである。

茂吉は壁にもたれて座ると、胡坐をかいた股の間に小樽をすっぽりと収め、真っ暗な闇を見つめた。

しばらくそうしていると、晩飯を食べたときに答えたおかよの言葉が蘇《よみがえ》ってきた。

『おとっつぁんの名？　あたし知らないの。おっかさん、まだ生まれたばっかりの赤ん坊のあたしを連れて、おとっつぁんから逃げてきたんだって。物心ついてから死んだって聞かされているけど、それも本当かどうかわからない。おっかさん、死ぬまでおとっつぁんの名を教えてくれなかったのよ』

『おっかさんの名は、かよ。あたしが偽った名は、おっかさんのなの。でもね、おっかさんもあたしみたいに名を偽ってたの。本当の名は、よしっていうんだって。おとっつぁんに見つからないように偽ったまま、それで通してたのよ』

茂吉は、暗闇の中で、目をつむった。

(おかよさんの母親の名まで、女房と一緒だとはな……)

おかよから聞いたとき、茂吉の動悸は激しくなった。

が、すぐに茂吉は、頭を振った。

――どうしてそんなことを訊くの？

そう訊いたおかよに、むろん茂吉はなにもいわなかった。

母親の名が「よし」で、娘の名が「みつ」なんて母娘は、いくらでもいる。自分の女房と娘かどうかなんて、今となっては確かめようがない。それに今の茂吉にとって、おかよとその母親のよしが自分の女房と娘であるかないかはどうでもよいことだった。

だが、いずれにしろこの奇妙な偶然のめぐりあわせが、これから自分が起こす騒動のてん末をいい方向に向けてくれそうな気がして、茂吉は下腹の痛みも死への恐怖も薄れてくるのだった。

茂吉は無人の長屋を出て、「巴屋」に向かった。町がとうに寝静まっている中、白い光を放っている待宵月の明かりを頼りに、茂吉は足音を忍ばせて「巴屋」に近づき、縄をきつく巻きつけた小樽を板塀からわずかに顔をのぞかせている太い松の枝に向けて投げ飛ばした。

松の枝にしっかり縄がかかったのを確かめると、茂吉は手ぬぐいで頬っ被りして板塀に足をつき、するすると上っていった。

松の幹を伝って庭に下りる。地面に下り立ったとき、薄れていた下腹の痛みがずんずんと疼き出したが、茂吉は歯を食いしばり、忍び足で主と女房の寝間だろうと思われる一番奥の座敷へと近づいた。

そして、縄を外して持ってきた小樽の蓋を開けると、廊下に上がって音がしないように気をつけながら小樽を傾けて、中に入っていた油を主と女房が眠っている部屋を取り囲むようにしたたらせていった。

そうしてから袷の袖から油紙を取り出して床に置き、懐から火打石を取り出して、油紙に近づけてカチカチと音を立てた。

物音ひとつしない中、火打石の音が闇の中に響き渡り、家の者が目を覚ますのではないかと冷や冷やしたが、すぐに油紙に火がついた――すかさず、茂吉は火のついた油紙を油をしたたらせた廊下へ投げた。

ぼっと火があがったかと思うと、炎は命を得たように走り出し、あっという間にメラメラと大きくなって、主と女房が眠っている寝間を包み込んでいった。

部屋の奥から悲鳴が上がった。茂吉は懐から出刃包丁を取り出して、燃え盛る障子の前で主と女房が出てくるのを待った。

すると、激しく立ち昇っている炎の中から、ふたつの影が悲鳴を上げながら飛び出してきた。そして火の手が背丈を超えるほど大きくなっている中、でっぷりと太った主が寝巻き姿で手文庫を抱えているのが見えた。

茂吉は、手文庫を抱えている主の腕を出刃で切りつけた。

「ぎゃっ……」

主は鬼のような形相で叫び、手文庫を炎の中に落としたが、それを拾おうとも茂吉の顔を見ようともせずに、女房と一緒に火の海の中をほうほうの体《てい》で逃げ出していった。

茂吉は、炎の中で手文庫を開け、中にある証文をわしづかみにして火の海に舞い上がらせた。

ひらひらと舞う何枚もの証文は、一瞬にして燃え上がり、形を失っていく。

と、そのとき、茂吉の下腹に、ズン！　と鈍い痛みが襲った。いつもの痛みとは違うものだ。目の前の炎の中に人影が浮かび上がった。

助五郎だった。茂吉の下腹に匕首を刺したのだ。

「てめぇはいったい何者だ……」

茂吉にとって、助五郎が自身番屋から戻っていたとは考えもしないことだった。だが、助五郎は栄治殺しを白状しろと、重蔵にどんなに厳しく問い詰められても知らぬ存ぜぬを貫き通した。そして、栄治殺しの証拠を示すことができなかった重蔵は、今朝になって放免せざるを得なかったのである。

茂吉は、最期の力を振り絞って出刃包丁を持った右腕を突き上げると、

「おれがいったい何者かだと？——けっ、おれは、おめえと同じろくでなしよ。だから、一緒にいこうや。地獄へよっ……」

といった瞬間、助五郎は口をぽっかりと開け、目もくわっと大きく見開いた。

そして茂吉と助五郎は、もたれるようにして、どっと火の海に崩れ落ちた。

助五郎の脇腹に、茂吉が持っていた出刃包丁が深く突き刺さっている。

茂吉と助五郎の上に、火のついた天井板が次々に落ちてきた。

だが、茂吉はもはや、下腹の痛みも火の熱さも感じてはいなかった。

胸が詰まり、息もできないその中で、茂吉の脳裏にこれまでのことが途切れ途切れに浮かんでは消えてゆく。

遠くから半鐘の音がかすかに聞こえ、茂吉の視界に闇が次第に押し寄せてきた。

そして、闇がいよいよ深くなったとき、不意に茂吉のもとから逃げた赤ん坊をおんぶしている女房のうしろ姿が、鮮やかに浮かんできた。

（およし……すまねえ……すまなかったなぁ……）

そう胸のうちでつぶやくと、闇に浮かんでいる女房のおよしが、ふっと振り向いて、かすかに笑みを見せた。そして、その背中でおんぶされている赤ん坊の顔が、おかよになったかのように思ったとたん、その姿は、すうっと闇の中に吸い込まれるように消えていった。

やがて、茂吉の目は、完全に光を失った。

九

二日が経った。

その日、おかよのもとに重蔵がやってきたのは、娘のさきが昼寝についたばかりのころだった。

「隣の爺さん、いなくなったのかい」

一昨日の夜から家に帰っていない茂吉のことが心配になったおかよは、迷った末に昨日、自身番屋に茂吉を探して欲しいという届けを出したのである。

「そうなんですよ。またどこかで倒れているんじゃないかと思うと心配で心配で……」

おかよは、まるで身内の者がいなくなったかのように泣きそうな顔になっている。

重蔵は、上がり框に腰を下ろすと、

「ところで、おかよさん、あんたの亭主が十両もの金を借りていた浅草の金貸しの『巴屋』が一昨日の夜、火事で燃えちまったことは知ってるかい」

と訊いた。

「え？」

おかよは、きょとんとした顔になった。

「そうかい。知らなかったのかい。借金の証文もぜんぶ燃えちまったらしいし、ここに借金取りにきた助五郎ってやくざ者も火をつけたやつが持っていた出刃包丁で刺された挙句、真っ黒こげに焼け死んじまったそうだ」

浅草は重蔵の縄張りではないから、詳しく調べることはできなかったが、よく知っている間柄の浅草の岡っ引きから訊き出した話である。

「だから、おかよさん、あんた、もう『巴屋』のやつらに脅されて、亡くなった亭主に代わって金を返す必要もなくなったんだ」

「その火事があったのは、一昨日の夜ですか……」

心ノ臓が早鐘を打ちはじめたおかよは、呆《ほう》けた顔でつぶやくようにいった。

「ああ、爺さんが帰ってこなくなった一昨日の夜だ」

「親分、あのやくざ者を包丁で刺した人は捕まったんですか」

おかよは、我に返ったように重蔵の顔を見つめて訊いた。

「いや、焼けた『巴屋』から刃物で刺し合った黒こげの死体がふたつあったらしい。ひとつは、さっきいった、ここにあんたを脅しにきた助五郎というやくざ者だということはわかったんだ。だが、もうひとつが炭のように真っ黒こげに焼けてしまってい て、どこのどいつかさっぱりわからない。助かった『巴屋』の主と女房は、押し入っ てきた男は頰っ被りをしていた上に、あたり一面火の海で逃げるのに忙しくて、どん な男なのかまるで覚えていないといっているらしい」

（お爺さんだ……）

おかよのひざに置いた両手は固く結ばれ、小刻みに震えはじめた。

「ま、隣の爺さんのことは、探してはみるが、見つからねぇ気がしてならねぇのはど うしてなのかなぁ」

重蔵の意味ありげな言葉を聞いたおかよは、確信していた。

（親分は知っているんだわ。「巴屋」に火をつけたのも、黒焦げになって焼け死んだ 人が、お爺さんだってことも……）

おかよの心ノ臓を打っている早鐘は、いよいよ激しくなりはじめ、そのトクトクト クという音は重蔵の耳にまで聞こえているのではないかと思えるほどだ。

しかし、重蔵は何事もなかったような顔をして上がり框から腰を上げると、

「じゃ、おれは、ちょいといかなきゃならないところがあるから、これで――」

と、立ち上がった。

が、ふと台所に目を向けた重蔵が、

「あの出刃、買ったのかい？」

と、俎板《まないた》に置いてある真新しい出刃包丁を見て訊いてきた。

「あ、ええ――前のは古くなっていて、手をすべらせて落としたら、刃が欠けてしまったもんですから」

おかよは、自分でもわかるほど震えた声でいった。

嘘である。「巴屋」が火事にあったあの夜、晩飯を茂吉と食べ終えて、茂吉が出ていったあと出刃包丁がないことにおかよは気づいた。そのときは、まさか茂吉が持っていったなどと露ほども思わなかったが、重蔵の話を聞いておかよは確信した。おかよの家の出刃包丁を持ち出して、それであの助五郎というやくざ者を刺したのは茂吉に違いないと――。

「親分さん――」

おかよは、決意を固めたような顔つきで重蔵を見つめた。

すると、重蔵は、おかよの口から出てくる言葉を遮るように、

「おかよさん、あんた、幸せになっていいんだよ。いや、幸せにならなきゃいけない人だ。どっかで死んでしまってるかもしれない、あの爺さんも、きっとおれと同じこ

とを思ってる気がしてならないよ」

といって、おかよの家を出ていった。


「知らぬが仏ってことかい」

重蔵がおかよの家を出ると、京之介がおかよの家の壁にもたれて立っていた。

「若旦那、どうしてここに」

重蔵が訝しい顔を向けて訊くと、京之介は重蔵から視線を外し、両手を天に向けて大きく伸びをしながら、

「『近江屋』の若旦那を呼び出して、小名木川沿いの空き地に連れていった助五郎と次郎吉のあとを尾けていたのは、おれと親分のほかにもうひとりいたことに気づかなかったかい」

といった。

「――へえ」

重蔵は、淡々と話す京之介の次の言葉を待った。

「あの空き地に『近江屋』の若旦那を残して、おれと親分が助五郎をしょっ引いていこうとしたとき、がさっと草をかき分ける音がしてね。ちらっと振り向いたら、草む

らに隠れていた男が『近江屋』の若旦那に近づいていくのが見えたのさ」

京之介は、さすが剣の達人である。重蔵よりはるかに耳がよく、人の気配も人一倍敏感に感じ取れるのだろう。

重蔵は感心と驚きが入り混じった気持ちで、飄々《ひょうひょう》としている京之介を見つめ、

「それで？――」

と、話の先を促した。

「その男のことが、どうにも気になってね。それで、親分には内緒で定吉に「近江屋」の若旦那を見張るようにいったんだ。きっと、ふたりはまたどこかで会うだろうと思ってね」

「若旦那、定を下っ引きとして使っていいといったのに、どうしておれに黙っていたんです？」

「ふふ。見込み違いだったら恥をかいちまうからさ。だから、定吉には親分には内緒でやってくれって頼んだんだ。それに、若旦那を見張るだけのことだから、危ない目にあうことはないと思ったしね」

「それで定吉は、あの空き地で『近江屋』の若旦那に近づいていったという男の正体をつかんだんですかい？」

「うむ。だから、おれもこの長屋にきているのさ。定吉はなかなかできる下っ引きだよ」

京之介はしれっとした顔をしている。「巴屋」に忍び入った何者かが、家の中に大量の油を撒いて火をつけたことは町火消しの調べでわかっている。その者は、油問屋の「近江屋」の若旦那に油を用意させ、それを持って「巴屋」に忍び入ったのだ。つまり、助五郎に匕首で刺された挙句、黒焦げになって死んだ男とあの空き地で「近江屋」の若旦那に近づいていった男は同一人物であり、その男が茂吉だということを京之介は定吉から聞いて知ったのだ。

(若旦那のいうとおりだ。おれが思っていた以上に定のやつ、いい仕事をしてくれるじゃないか)

重蔵は感心したが、今はそんなことを喜んでいる場合ではない。

「若旦那、姿を見せなくなった爺さんを探してくれと自身番に届けを出したおかよに、『巴屋』で黒焦げになった男が爺さんだったってことを伝えにきたんですかい」

重蔵が顔を曇らせていうと、

「父上がもう残り少ない命だと悟った時、遺言のようにおれにいった言葉があってね」

　京之介は重蔵の視線をふたたび外して、左手の親指と人差し指で耳たぶを軽く引っ張りながら、意外なことをいい出した。

「千坂の旦那は、どんな言葉を残したんです？」

「お上の裁きが、すべて正しいわけじゃない。事件《やま》を解決するおれたちの仕事の大事なことは、弱い立場の人間がそれ以上悲しんだり苦しんだりしないようにすることだ。だから、その事件《やま》の真相がわかったとき、事件に巻き込まれた人たちにとって、どう始末をつけるのが一番いいのかを考えなきゃいけない。そこへいくと重蔵の始末のつけ方は、いつも実に感心するほど見事なものだ。だから、おまえも重蔵の始末のつけ方をしっかり見て学べと」

「千坂の旦那がそんなことを……」

　自分のことを、そこまで買ってくれていた千坂伝衛門の気持ちを知った重蔵は、涙が出てきそうなほどうれしかった。

「だから、ここにきたのは、父上の遺言に従って、親分がこの事件《やま》をどう終わらせようとするのか確かめるためさ」

　京之介は、重蔵にこれまで見せたことがない人懐《ひとなつ》っこい顔を見せていった。

「若旦那、それじゃあ――」

「うむ。しかし親分、おれも知らぬが仏にしたいところだけど、おかよは、もう知っちゃったみたいだ」

と、おかよの家を見やっていった。

重蔵が怪訝な顔をしながら耳を澄ますと、家の中からかすかにおかよの嗚咽《おえつ》が聞こえてきた。

重蔵が出ていったときから、その場から動けずにいたおかよは、一緒に晩ごはんを食べた夜、女郎屋で働くといった自分にいった茂吉の言葉を思い出していた。

『安心しなって。亭主がこさえた借金のことなら、おれがなんとかするさ』

それきり茂吉は姿を消し、その夜に、「巴屋」は炎上したのである。

茂吉は、おかよを助けたい一心で、重い病の身を押して浅草の「巴屋」に火をつけて証文を燃やし、取り立てにやってきた助五郎というあのやくざ者と刺し違えて、真っ赤な火の海の中で死んでいったのだ。

どんなに熱くて、痛い思いをしたことだろう。どれほどの苦しみの中で息絶えたことだろう……。

（あたしが……情けをかけたばっかりに……）

おかよは、その細い目からあふれ出てくる涙を拭うことなく、茂吉が見せたいろいろな顔を思い出していた。

（お爺さん、ごめんなさい、ごめんなさい……）

娘の小さな寝息だけが聞こえる静まり返った部屋の中で、おかよは手を合わせ、声を殺して泣き続けた。

おかよに庄兵衛長屋の差配を通じて、呉服問屋「大戸屋《おおとや》」から住み込みの女中として働きにきて欲しいという申し出があったのは、それからさらに十日後のことである。

なんでも着物の仕立てができる縫物上手な女を探していたところ、庄兵衛長屋に住むおかよという女の縫物の腕がたいへんよいという評判を耳にしたからだという。

だが、実のところ「大戸屋」にそう申し出るように裏で働きかけたのは、呉服問屋「大戸屋」の若旦那とは幼馴染みの油問屋「近江屋」の若旦那だった。「近江屋」の若旦那は、茂吉から事が上手《うま》く運んだ際、庄兵衛長屋に住むおかよという女に扱いが良い奉公先を世話するという約束をさせられていたのである。

しかし、茂吉と「近江屋」の若旦那の間で、そんな約束が交わされていたことなどおかよは知る由もなく、「大戸屋」の申し出を有難く承《うけたまわ》ることにしたのはいうまでもない――。

第二話　不忍《しのばず》の母

一

長月《ながつき》九日は五節句を締めくくる「重陽《ちょうよう》の節句」が行われる日である。だから九月に入ると、大名屋敷から路地裏の長屋暮らしの者まで競い合うようにして菊の手入れをはじめる。

この時期に咲き誇る菊は、邪気を払う霊力がある縁起のいい花とされているからである。そんなことから、江戸っ子は九月のことを「菊見月《きくみづき》」とも呼び、重陽の節句の日になると、あちらこちらで菊見の宴が開かれ、塩漬けした菊の花びらを盃《さかずき》に浮かべた「菊酒」を飲み、無病息災を願うのである。

そんな菊の節句が二日後に迫った七日の朝——重蔵と定吉が松井町一丁目にある

「ごくらく湯」から、家に帰ろうと六間堀に架かる松井橋を渡りきるところまできたときのことだった。

『殺す?! おう、殺《や》れるならやってみやがれぇっ』

『ああ、殺してやるよぉ、この野郎っ』

男と女の物騒な言い合いが聞こえてきた。

「どこだ」

重蔵が足を止め、耳をそばだてながらいうと、

「どうやら、向こうみてぇですね」

並んで歩いていた定吉が、松井町二丁目を右に折れた六間堀のほうを指さした。定吉が指さしたほうに一町ほど歩くと、怒声が近くなってきた。どうやら近くの源兵衛《げんべえ》長屋で騒ぎが起きているようである。

「やい、音二郎《おとじろう》、望みどおり殺してやるから、さっさと出てきやがれっ」

源兵衛長屋は十軒続きの棟割りの裏店《うらだな》で、六間堀端の道を一町ほど歩いたところの足袋屋《たびや》と小間物屋《こまものや》の間の細い路地を少し進んだところにある。

重蔵が木戸口から長屋に足を踏み入れると、見覚えのある顔の住人たちが長屋の奥に集まっており、さっきから物騒なことを叫んでいる男と女の姿は見えなかった。

「今ぁ、飯食ってるとこだぁ。空きっ腹で殺されたんじゃあ、三途《さんず》の川も渡れやしねえ。も少し待ってろ、このくそ婆《ばばあ》っ」

「くそ婆だとぉ。朝飯食う金があるんなら、貸した金を返すのが先だろっ。さあ、戸を開けな、おまえの朝飯は利子分で、あたしが食べてやる。とっとと開けな、開けなってんだよ、音二郎っ」

厠《かわや》近くの音二郎の家の前で物騒なことを叫んでいるのは、おかねという名の痩せた老女である。おかねは、白髪のほうが多い髪を振り乱して喚《わめ》きながら、音二郎の家の腰高障子の戸を叩いたり蹴ったりしている。

「おかねさん、朝っぱらからそんな大きな声で喚き散らすなんて近所迷惑だから、静かにしとくれよ」

おかねとおっつかっつの年の差配人、義助《ぎすけ》がおかねの近くで止めるに止められずおろおろしている。

「あんたは関係ないだろ、黙っててておくれっ」

おかねに弾みで突き飛ばされた義助は、その場によろよろと倒れ込んだ。

「おいおい、おかねさん、乱暴はいけないな」

人だかりを分けてやってきた重蔵が、義助を抱きかかえるようにして立ち上がらせ、おかねの前に立ちはだかっていった。

「お、親分……」

重蔵の顔を見たおかねは、さっきまでの威勢のよさはどこへやら、急に神妙な顔つきになって消え入りそうな声を出した。

「いったい、なにがあったんだい」

重蔵が諭《さと》すようにいうと、

「こ、これを見てくださいよ――」

おかねは、やせ細った胸元から一枚の証文を取り出した。

「音二郎のやつ、ひと月前に借りた金を約束の日になっても返さないで、もう三日も経っているのに、あたしの顔を見ても平気な顔してるんですよ。言い訳のひとつもすりゃあ、あたしだって鬼じゃないんだ。ここまでしやしませんよ」

おかねは、名がそうだからというわけではないだろうが、長屋の者たちを相手に金貸しをして暮らしており、重宝がられている。それというのも、質屋は質草を取るが、おかねは担保になるものも取らず、そのうえ質屋よりも低利で金を貸すからなのだが、返済の期日が一日でも遅れると、それが楽しみでもあるかのように容赦ない罵声《ばせい》を浴びせて取り立てるのである。

「音二郎、重蔵だ。ちょいと顔を見せてくれないか」

証文を確かめた重蔵は、戸口に近づいていった。大工をしている音二郎とは居酒屋「小夜」で顔を合わすことがあって、他愛のない話を何度かしたことがある。

「じゅ、重蔵親分……へい、ただいま、すぐに開けますから、ちょいとお待ちを――」

少しして戸口が開き、三十男の音二郎が出てきた。なかなかの優男《やさおとこ》だが、声の調子といい、仕草といい、どことなくお調子者の感じのする男である。

「この証文、おまえさんのものかい」

重蔵が、おかねから受け取った証文を音二郎の目の前に差し出して訊くと、

「へい」

音二郎はしっかり確かめることもなく、おどおどしながら軽く頭を下げて答えた。

「これを見ると、確かに期限は過ぎてる。約束は守らないとな」

「親分、そりゃあ、おれだってなにも好き好んで返さねぇわけじゃねぇんでさ。だけど、ここんところ雨が続いて仕事に出られなかったもので、それで遅れてるってわけでして――」

音二郎は、ばつの悪そうな顔をしていった。

「ふん。それにしちゃあ、ゆんべだって仲間を部屋に呼んで酒を飲んで騒いでたじゃないか。金がないのが、おてんとさまのせいだっていうんだったら、雨水でも飲んでなってんだよ」

重蔵を味方に得たと思ったのだろう、おかねはまた勢いづいてきた。

「へへへ、うめぇことをいう」

それまで口を閉じていた定吉が、思わず笑っていった。

いよいよ調子づいたおかねは、

「さ、今日という今日は、貸した金と利子でぴったり一両、耳を揃えて返してもらうからね。金がないっていうのなら、あたしがおまえの大工道具を質《しち》に入れてきてやるからよこしな」

と、なおも息巻いた。

だが、音二郎も負けてはいない。

「ばか野郎、そんなことしたら仕事ができなくなっちまうじゃねえか。殺すぞ、この婆っ」

音二郎は袖をまくり上げて、乱暴な口を利くが、迫力というものがまるでなく、下手な芝居を見せられている気がしてくるから、いやでも苦笑してしまう。

「ああ、殺れるもんなら殺ってみやがれ、この半端もんがっ」

おかねも同様だ。

重蔵は、ふたりの間に割って入り、

「おかねさん、確かに大工から道具箱を取り上げちゃ干上がっちまう。ここは、おれの顔に免じてもう少しの間、待ってやってくれないか」

と、やんわり頼んでみたが、おかねは、「いやだね」とでもいいたげに、ぷいっと顔を背《そむ》けた。

「音二郎、おまえさんの日当はいくらだい」

「へぇ。一朱ってとこです……」

一両は一朱銀、十六枚である。

「それじゃあ、毎日仕事があって、それをそっくり返したところで半月もかかってしまうなぁ。どうだい。おまえさんの棟梁《とうりよう》に話して、なんとか都合つけてもらうわけにはいかないか」

「あっしが、お願いしたところで棟梁が用立ててくれるかどうか……」

音二郎の親方である棟梁の弥太郎《やたろう》は、六間堀を南に下った北森下町《きたもりしたちよう》の北橋《きたばし》近くに住んでいる。重蔵は弥太郎とは何度か会ったことはあるが、挨拶を交わす程度で親しいという間柄ではない。

「かといって、おれがいきなり出張っていくのもおかしな話だしなぁ……じゃ、こうしようじゃないか。おまえが頼んでもどうにもならないってことになったら、おれが親方のところにいって頼んでみるってのはどうだ。だから、おかねさん、それまで待ってやってくれないか」

「親分がそこまでいうなら……」

重蔵にこれ以上は逆らえないと思ったのだろう、おかねは子供のようにふくれっ面をして承知した。

「そうかい。ありがとよ。さ、じゃあ見世物はこれでしまいだ。みんな、帰った、帰った」

重蔵が集まっていた裏店の住人たちを追い払うように手を振ると、住人たちはようやくそれぞれの家に戻っていき、騒動はようやく収まった。

二

源兵衛長屋の騒動から二日が経ち、「重陽の節句」の日がやってきた朝のことである。

「親分、あの大工の音二郎さん、棟梁から金を用立ててもらえたんですかね」

居間で重蔵と朝飯の茶漬けを口に運びながら定吉がいった。

「だといいがな」

おかねからも音二郎からも音沙汰はない。だが、棟梁の弥太郎からそう易々《やすやす》と一両もの大金を用立ててもらえないだろうと重蔵は思っていた。

朝飯を食べ終え、定吉が台所に片づけにいこうと立ち上がったときだった。

玄関の戸が開く音がして、

「ごめんください」

若い女の声が聞こえた。

定吉は少し驚いた顔で重蔵を見た。

「おれが出る」

重蔵が玄関にいくと、土間におかねと若い女が立っていた。

「親分さん、先日はお騒がせして申し訳ありませんでした」

おかねがいうと、隣にいる上等な着物を着た二十《はたち》くらいのきれいな女も頭を下げた。

「お初にお目にかかります。わたしは、おっかさんの娘で、香《こう》と申します。なんでも一昨日、おっかさんが親分さんにたいへんご迷惑をおかけしたそうで、本当にあいすみません」

お香は物腰柔らかにそういうと、ふたたび頭を下げた。

「いやいや、そんなたいそうなことはしちゃいない。ところで、おかねさん、音二郎、あれから借りた金は返してくれたのかい」

すると、おかねは顔を曇らせて、

「それがまだなんですよぉ、親分」

といった。

「そうかい。ま、立ち話もなんだ。上がってくれ」

やはり音二郎のことで、なにか相談事があるのだろうと思った重蔵は、おかねとお香を家の中に上げ、台所にいる定吉に茶を持ってくるようにいった。

「それにしても、おかねさんに、こんなべっぴんな娘さんがいるとは、驚いたなぁ」

おかねとお香を居間に招き入れた重蔵が、ふたりの顔を交互にしげしげと見ていうと、

「あひゃひゃ……親分、あたしだって、今はこんなですけど若い時分はそりゃいい女で、とある旗本屋敷に奉公に上がってたこともあったんですよ。もっとも娘ほどのべ

っぴんじゃなかったから、大身《たいしん》旗本ってほどのお屋敷じゃなかったですけどね。うひひ」

おかねの話では、お香は、永田町《ながたちょう》の嘉納主膳《かのうしゅぜん》という二千石取りの大身旗本の屋敷に奉公に上がっているのだという。おかねは、よほど娘のお香が自慢でかわいいのだろう、うれしそうに顔を皺くちゃにして笑っている。

確かによくよく見ると、おかねの顔立ちは悪くないし、若い時分はいい女だったという面影がなくはない。そんなおかねが、源兵衛長屋にやってきたのは三年前で、それまでは上野広小路《うえのひろこうじ》に住んでいたのだが、十年前に錺職人《かざりしょくにん》の亭主と死に別れ、娘のお香が旗本屋敷に奉公に出ることになったのを機に、生まれ育った深川に戻ってきたと人づてに聞いている。

「ところで、朝っぱらからおれのところにきたのは、音二郎の借金のことかい」

定吉が淹《い》れてくれた茶をひと口啜って、重蔵がいうと、おかねは、

「親分、そんな頼み事をしにきたんじゃないんですよ。音二郎の借金のことは、親分にあれだけとっちめられたんだから、そのうち返すだろうと気長に待つことにしましたよ」

といった。茶を運んできた定吉は重蔵のそばに座って、おかねの横に座っているお

香にすっかり見とれている。

「おかねさん、急に仏さまみたいなことをいいだして、いったいどうしたんだい」

重蔵が苦笑いを浮かべていうと、

「いえね、実は娘にも叱られたんですよ。金貸しなんて続けていたら、いつかきっと金を借りた人から恨みを買うことになって危ない目にあうに違いない。暮らしに必要な分は、あたしが毎月送るからやめてくれって――だから、今、人に貸してる金を返してもらったら、もう金貸しはやめることにしたんですよ。今日はそれを親分に伝えにきたんです」

おかねは、人が変わったように穏やかな笑みを浮かべていった。

「そうかい。ま、おかねさんはあこぎな金貸しじゃないし、金貸しをやめるとなれば困るもんもいるかもしれないが、娘さんのいうとおりだ。悶着の大半は金に絡むことだからな。やめたほうが身のためだとおれも思うなぁ」

重蔵がいうと、お香が待っていたように口を開いた。

「ありがとうございます。だから、今日はおっかさんに、先だってご迷惑をおかけしたことへのお詫びと一緒に、念のため重蔵親分の前で金貸しをやめることを誓ってもらおうと思いまして、こうしてお邪魔した次第なんです」

それにしてもさすが大身旗本の屋敷に奉公しているだけあって、お香の物言いには品がある。そのうえこんなしっかり者で、美人なのだ。さぞやいいところから嫁にきて欲しいという声がそう遠くない日にくるだろうと、重蔵はお香を見て思っていた。

だが、その日の暮れ六ツから四半刻過ぎたころのことである。源兵衛長屋のおかねの家の隣に住む佐吉《さきち》という青物の棒手振《ぼてふ》りをしている男が、血相を変えて重蔵の家に駆け込んできた。

「お、親分、大変です。今すぐ一緒にきてくだせぇ」

三十になる佐吉が、息を切らせながらいった。長屋の木戸が閉まるのは、暮れ六ツである。それを過ぎている時刻に、差配人の義助に木戸を開けてもらってきたのだから、よほどのことがあったに違いない。

「まぁ、落ち着け。いったい、どうした」

「おかねさんの娘さんが、殺されたんです」

「なんだって⁈」

滅多なことでは声を上げることのない重蔵も、あまりに突然のことに驚きを隠せなかった。定吉も呆然としている。

「いったい、だれに殺されたんだっ」

重蔵は神棚に供えてある十手《じって》に手を伸ばしながら訊いた。

「へえ。それはわかりませんが、おかねさんの家の中で、胸を刃物で刺されて殺されていたんですよ」

怯《おび》えた顔で答えた佐吉は、音二郎とおかねの間の家に住んでいるのだが、長屋の木戸が閉まる暮れ六ツの少し前、おかねの「きゃあ〜っ」というこの世のものとは思えない叫び声を聞いて家に入ったところ、息絶えて倒れているお香のそばで、おかねが腰を抜かしていたのだという。

「定、おれはおかねさんのところにいく。おまえは、若旦那を呼びにいってきてくれ」

「へいっ」

重蔵と佐吉、それに定吉は家を飛び出していった。


夜空には、つきたての丸餅を二つに切った片割れのような上弦の月がかかり、真っ白な光を放っている。重蔵と佐吉が源兵衛長屋の木戸から入ると、おかねの家の前には長屋の住人たちが集まっていた。

「みんな、重蔵親分がきてくれた。道を空けてくれ」

佐吉が人だかりに向けて大声でいった。重蔵の顔を見た長屋の住人たちは、一様にほっとした顔つきになって道を空けた。皆が注目する中、十手を持った重蔵が進んでいき、おかねの家の中に入ると、おかねは部屋で仰向けに倒れているお香にしがみついて泣きじゃくっていた。

「おかねさん、おれだ。重蔵だ」

重蔵が声をかけると、

「親分……」

おかねは我に返ったように顔を上げた。

「辛いだろうが、調べさせてくれ」

重蔵は、お香からおかねを引きはがすようにしてどかし、行燈《あんどん》の灯りを倒れているお香の顔に近づけて見た。お香は、自分が死んだことが信じられないとでもいいたげに、カッと目を見開き、口をぽっかり開けている。

そして、重蔵がお香の顔から下へと行燈を下していくと、着物の左胸一帯が血で赤黒く染まっていた。顔を近づけてよくよく見ると、心ノ臓を鋭いもので突かれた痕が着物についている。

（いったい、だれがこんなむごいことを……）

赤の他人の重蔵でさえ、怒りや悲しみ、憤りといった様々な感情が体じゅうを突き抜け、震えがくるほどなのだ。昼間、あんなに自分の娘を自慢していたおかねのことを思うと、どうにもやりきれない。

「おかねさん、いったいなにがあったのか詳しく話してくれ。そうじゃないと、下手人《げしゅにん》をあげることができない。辛いだろうが、気をしっかりもって話してくれ」

お香の亡骸《なきがら》から、少し離れたところで腰を抜かしたように座り込み、呆けたようになっているおかねは重蔵に虚ろな目を向けて話しはじめた。

「あたしがいけないんだ……お香が、今日は重陽の節句だから、浅草山谷《さんや》の有名な会席料理屋の「八百善《やおぜん》」で、ご馳走するっていうから、そこに八ツ半にいったんです。栗ご飯になすの煮びたし、菊の花が浮かんだお吸い物、そりゃあ、菊の節句らしいおいしい料理ばかりいただいたんです。そこで半刻ほど過ごして、七ツ半ごろ家に帰ってきたら、金を貸していた読売の彦次《ひこじ》に近くで会ったんですよ――」

おかねは彦次に、貸している金を今返してくれるなら利子は要らないといったところ、それならすぐに金を返すから家に一緒にきてくれといったという。そして、おかねはお香に、先に部屋に戻っているようにいい、一町ほどいった彦次の住む新兵衛《しんべえ》長屋にいった。そこで金を返してもらい、茶を飲みながら金貸しをやめることやお香の自慢話をして、長屋の木戸が閉まる少し前に帰ってくると、このありさまだったという。

「そのとき、家に灯りはあったかい」

重蔵が訊くと、

「いいえ、灯りはついていませんでした――」

おかねは蚊《か》の鳴くような声で答えた。

「ということは、お香さんは家に入ったとたんになに者かに襲われたってわけか」

凶行は、七ツ半から暮れ六ツまでの、わずか半刻の間に行われたことになる。試しに重蔵が、そっと手の甲をお香の頬に当ててみると、まだほんのりと温かさが残っている。それに血の固まり具合、お香の体のこわばりから見て、殺されてまだ間もないことは明らかだ。

(物取り目当ての殺しか……)

「おかねさん、なんか盗《と》られたもんはないかい？　金や証文はいつも持ち歩いているわけじゃないだろ。物騒だからな」

するとおかねは、はっと我に返った顔になると、這いつくばるようにしてお香が倒れているそばにいき、枯れ枝のように細い腕で近くの畳を持ち上げた。

重蔵がおかねの近くにいってみると、おかねが持ち上げた床には証文がきっちりと並べられている。

「た、貯めていた小判と証文が一枚なくなってる……」

おかねは、怯えたかすれ声でいった。

「小判はいくらなくなっている？　それと、なくなっている証文はだれのだい？」

重蔵が訊くと、

「小判十枚と、なくなっている証文は音二郎のです……」

おかねは愕然としていった。

「音二郎のがなくなっているのかい?!」

確かめて訊くと、おかねは声には出さず、からくり人形のように何度も頷いてみせるだけだった。

重蔵は行燈を手にすぐにおかねの部屋を出て、外にいる佐吉をはじめとした長屋の野次馬たちをかき分けて、おかねの家のふたつ隣の音二郎の家の戸を開けた。だが、部屋には灯りも音二郎の姿もなかった。

重蔵は目を凝らして、部屋じゅうを隅々まで見て回った。すると、片隅に大工の道具箱が置かれてあった。

（道具箱が置いてあるってことは、音二郎の野郎、仕事を終えて、いったん家に戻ったってことか……）

さらにあたりに目をやると、火鉢があり、なにやら紙の燃えさしがあるのを見つけた。もしやと思いながらそれを手に取ってみると、二日前に重蔵も目にした音二郎の借金の証文だった。

（お香を殺《あや》めたのは、音二郎なのか……）

しばし虚空を見ていた重蔵だったが、はっとなって大工道具箱のところにいって中を開けてみた。

（！――）

重蔵は愕然となった。鉋《かんな》や木槌《きづち》などが入っている道具箱の中に、柄《つか》に「音二郎」の文字が彫ってある血のついたノミがあったのである。重蔵は懐《ふところ》から手ぬぐいを取り出すと、そのノミと証文の燃えさしをくるんでふたたび懐にしまい、家から顔だけ出して野次馬の中にいる佐吉を呼んだ。

「親分、なにか」

音二郎の家に入ってきた佐吉は怯え顔で訊いた。

「隣の音二郎だが、今日やつの姿を見たのはいつだ」

「今日は見てませんよ」

「仕事にはいったのか」

「さあ、おれは青物売りだから、大工の音二郎より朝早く家を出るんですよ。だから、音二郎が仕事にいったかどうかまではわかりません」

「そうか。わかった」

重蔵は佐吉と一緒に音二郎の家を出て、おかねの家に戻った。

三

千坂京之介が定吉とともに、おかねの家にやってきたのは宵《よい》五ツだった。それまでの間、おかねは、お香のそばで呪詛《じゅそ》のような意味のわからない言葉をぶつぶつとつぶやき続け、重蔵は空に目を向けて、これまでに起きたことを繰り返し思い返していた。

「道を空けてくれ」

定吉の声が聞こえ、戸が開くと、おかねの家の前には、もうとっくに眠りにつく時刻だというのに長屋の住人たちがまだ集まっているのが見えた。ただでさえ噂好きな長屋の住人たちである。自分たちが住んでいる長屋で人が殺されたとあっては、怖さと興味が収まらず、寝ている場合ではないのだろう。少しでもおかねの家の中の様子を知りたくて、うずうずしているのだ。だから重蔵は、長屋の住人たちがおかねの家に入ってくることがないように、家の前に自身番の番人をふたり立たせることにした。

「親分、なにかわかったことあるかい」

人が殺された場だというのに、京之介は興奮することもなく、いつものように飄々《ひょうひょう》としている。

「へえ。これを見てください」

重蔵は、懐から手ぬぐいでくるんでいた音二郎の血のついたノミを、部屋に上がってきた京之介と定吉に見せ、それを手に取って、お香の胸の傷口に当てた。

「そのノミの刃先とお香の胸の傷口が一致しているってわけかい」

血を見るのが苦手《にがて》な京之介は、眉間に皺を寄せて苦い顔をしながらいった。

「へい。それから、そこにいるおかねさんがため込んでいた小判十枚もなくなっているそうです。そして、ほら、ここ――柄に音二郎って名が彫られているでしょ。このノミは、一軒向こうの家に住んでいる大工のもんです」

重蔵がいうと、定吉がすぐに反応した。

「音二郎って、一昨日、おかねさんと借金のことでいい争いをしていたやつじゃねぇですか」

「うむ。それとこれも——音二郎の家の火鉢にあったんです」

重蔵は、ノミと一緒に手ぬぐいにくるんでいた、音二郎の借金の証文の燃えさしを京之介と定吉に見せた。

「血のついたノミだけでなく、おかねさんに金を借りた証文の燃えさしまで音二郎の家にあったとなると、どう考えたって下手人は音二郎じゃねぇですかっ」

定吉がいきり立っていった。

「だけど、どうもひっかかるな……」

京之介が小首を傾げながら、独り言のようにいった。

「なにがひっかかるんです?」

「証《あかし》が揃いすぎている気がしないか?」

京之介の言葉を聞き、

(若旦那、おれもそう思っているんですよ)

重蔵は、京之介の見立てが自分と同じであることに感心したが、そんなことはおくびにも出さず、

「つまり、なに者かが、音二郎を下手人に仕立て上げようとしている、そういいたい

んですかい」

と訊いた。重蔵は五年前に亡くなった京之介の父親の伝衛門から、いよいよ最期というときになって八丁堀の組屋敷に呼ばれ、くれぐれも京之介を一人前の同心に育ててくれと頼まれている。だから、重蔵は自分の見立てはなるべく先にいわず、京之介がどんな見立てをするかを聞くようにしているのである。

重蔵が問うと、京之介はいくぶん訝《いぶか》しそうな顔つきをして、

「いや、そこまでは――ただ、一昨日、借金のことで騒ぎがあったばかりなんだろ」

と定吉に確かめるようにいい、

「そこへ、この殺しだ。音二郎がおかねを殺そうとして部屋に潜んでいて、そこへ入ってきたお香をおかねだと思い違いしてノミで刺し殺した――確かにそう考えたほうが辻褄は合う。だけど、本当に音二郎が殺めたのなら、血のついた自分のノミを自分の部屋に置いておくかな。川か掘割に捨てるなり、少なくとも自分の家に置いておくことはしないだろう。もっとも、小判十枚を盗んだ音二郎が風を食らって姿を消したとなれば、話は別だが……」

といった。

「若旦那のいうことも、もっともだ。ともかく、まずは音二郎を捕まえて、お香が殺

された時刻にどこにいて、なにをしていたのか聞いてみないことには、はじまらないが、今夜はもう遅い。亡骸を自身番屋に運ばせて、探索は明日の朝からすることにしましょう」

重蔵は、京之介と定吉にそういうと、おかねの家を出て、外にいるふたりの番人にお香の亡骸を戸板で自身番屋に運ぶようにいった。

翌日、気が急《せ》いていた重蔵は朝飯をいつもより早く食べ終え、町木戸が開く明け六ツに家を出て、北森下町に住んでいる音二郎の親方、弥太郎の家に向かった。定吉には、源兵衛長屋にいき、住人たちに昨日の七ツ半から暮れ六ツまでの半刻の間、おかねの家の様子はどうだったか、また長屋に不審な者がいなかったかなど聞き込みするようにいってある。

そして互いの報告は、松井町の自身番屋で落ち合って聞こうということにしていた。

四半刻ほどで弥太郎の家に着くと、重蔵は玄関の戸を開けて訪《おとな》いを入れた。

「重蔵親分、どうしたんだい」

五十男の弥太郎が、股引《ももひ》き姿で出てきた。

「朝早くに申し訳ないが――」

重蔵は、懐から十手を取り出して見せ、

「ちょいと訊きたいことがありましてね」

といった。

すると、髭面《ひげづら》で小太りの弥太郎は急に怪訝な面持ちになって、

「なんだい？」

と訊いた。弥太郎の女房は、まだ化粧をしていないからだろう、顔を見られないようにに弥太郎の体を盾にし、さらに居間の柱に顔を半分隠すようにして、ふたりの様子を盗み見ている。

「実は、親方のもとで働いている音二郎に、昨夜起きた殺しの下手人の疑いがかかってしまいましてね。で、音二郎に話を訊こうと思ったんですが、昨夜から家に帰ってこなくて行方知れずなんです。そこで、親方なら音二郎がいきそうなところを知っているんじゃないかと思って、迷惑を承知でこんな朝早くに邪魔しにきたってわけなんで――」

重蔵が一気にいうと、

「お、音二郎が人を殺したっていうのかいっ」

弥太郎は、怪訝な面持ちから一気に驚きの顔になった。

「今のところ、まだ疑いですが、このまま姿を現さないとなると、下手人てことになってしまうでしょうねぇ」

「あの馬鹿……」

弥太郎は苦虫を嚙み潰した顔になってつぶやいた。

「そもそもは借金がらみで殺された人と揉めていたようなんですが、親方のところに音二郎が金を用立ててもらえないかといってきたことはなかったですかい」

「いやぁ……」

弥太郎は首を傾げながら思い返していたが、ふと思いついたように、背後にいる女房のほうに顔だけ向け、

「おしま、音の野郎、金のことで泣きついてきたことあったか」

と訊いた。

居間の柱から鰹節《かつおぶし》のような色をした顔を半分だけ見せている女房のおしまは、関わりたくないと思っているのだろう、何度も大きく首を横に振って、

「あたしゃ、知らないよ」

と、声を震わせながらも、ぴしゃりといった。

「それじゃ、親方、それにお内儀さん、音二郎が家にも帰らず、遊びにいくようなと

ころに心当たりはないですか」

「さて、おれにはわからねぇな……おい、おまえは、心当たりはあるか」

首を傾げた弥太郎がまた顔だけ女房に向けて訊くと、

「あるはずないじゃないかっ」

と、おしまは甲高《かんだか》い声を出して答えた。

「そうですかい。そいつはまいったな。ま、しかし、音二郎から親方かお内儀さんのところになにかいってきたら、すぐにおれに知らせてもらいたいんですが――」

「そりゃもう必ず――」

「じゃ、頼みましたよ」

重蔵はそういって、弥太郎の家を出た。

四

重蔵が北森下町の弥太郎の家から、お香の亡骸が置いてある松井町の自身番屋に戻ってきて一刻ほどしたときのことである。京之介の使いだという、藤代町《ふじしろちょう》の自身番屋の若い番人が重蔵を訪ねてきた。

「やっぱり、ここでしたか……」

よほど勢いをつけて走ってきたのだろう、若い番人は息を切らせていった。

「どうした?」

「へい。千坂の若旦那が、音二郎が見つかったからきてくれって――」

「そうかっ、わかった」

足早に歩きながら、その番人から話を聞くと、こうだった。音二郎は仙台堀沿いの「相模屋《さがみや》」という泊まり賃の安い船宿に、昨夜の夕暮れからひとりでやってきて、深夜までひたすら酒を飲み続けていた。そして翌朝、宿を出なければならない時刻になっても、一向に帳場に姿を見せなかった。おかしいと思った主《あるじ》が部屋を見にいくと、音二郎は白目を剥いて口から泡を吹き、身体を小刻みに痙攣させて倒れていたのだという。

慌てふためいた相模屋の主は、医者を呼びにいくと同時に藤代町の自身番屋に届けを出した。万一死なれでもしたら、縁起の悪い船宿だという噂が広まってしまい、泊まり客が来なくなっては困ると考えたからである。そうしたところ、酒の飲み過ぎによるものと診立てた医者が飲ませた薬が効き、ようやく歩けるようになったところで、音二郎は番人に、藤代町の自身番屋へ連れていかれた。そして正体が知れ、行方を探していた京之介の耳に入ったということだった。

重蔵が藤代町の自身番屋に着いて少しすると、定吉もやってきた。源兵衛長屋の住人に聞き込みをしたが、不審なことはなにもなかったという。それを重蔵に伝えるために松井町の自身番にいったところ、ついさっき音二郎が見つかって、藤代町の自身番屋に向かったと番人から聞き、あとを追ってきたのである。

「さて、親分、どうしようか」

京之介が、奥の板の間に鎖で繋がれている音二郎を、冷ややかに見ていった。音二郎は、よほど大酒を食らっていたらしく、まだろれつが回らず、ぶつぶつ意味のわからないことをいい続けている。

「定、音二郎に水をぶっかけろっ」

音二郎から少し離れたところで仁王立ちになって見ている重蔵が、隣にいる定吉にいった。

「へい」

定吉が用意してきた桶いっぱいに入った水を頭から勢いよくぶちまけると、音二郎は「ひゃぁ〜っ」という奇声を上げた。

「おい、音二郎、おまえ、昨日どこでなにをしてたっ」

重蔵は、びしょ濡れになっている音二郎の胸ぐらを締め上げて訊いた。

「お、親分……いってぇ、おれがなにをしたっていうんですぅ」

音二郎は、まだ夢うつつである。

「定、しっかり目ぇ覚めるまで水をぶっかけろっ」

「へいっ」

定吉は番人に目配せして、空になった桶に水を入れて運ぶようにいい、運ばれてくると、ふたたび音二郎めがけてぶちまけた。

「か、堪忍してくれぇ〜っ、か、風邪、ひいちまうじゃねぇかぁっ……」

音二郎は、ようやく正気に戻ったようだった。

「風邪ひくくらいがなんだっ。打首獄門《うちくびごくもん》に比べりゃ、どうってことないだろっ」

「?!——親分、打首獄門って、いってぇなんのことです」

音二郎は、ぽかんとした顔をしている。目鼻立ちの整っている男が、ぽかんとした顔をすればするほど間抜けに見えるものだが、すっとぼけているようには思えない。

「いいか、音二郎、よーく聞け。昨夜、おかねさんの家で、娘のお香さんがひとりでいるところをなに者かの手で心ノ臓を一突きされて殺されたんだ。それで、家の中を調べてみたら、畳の下に隠してあった小判十枚と金の貸し借りの証文が一枚消えていた。その消えた証文が、音二郎、おまえのものだけだったんだ。そこで、おれはおまえの家に入った。するとどうだい、こんなもんが出てきたんだっ」

　重蔵は懐から血がつき、柄に音二郎の名が刻まれたノミと燃えさしの証文を差し出して見せた。それを見た音二郎は、見る間に顔色をなくしていった。

「お、親分、こ、こいつはなにかの間違いだっ。こ、このおれが人殺しなんかするはずがねぇじゃねぇですかっ」

　音二郎は顔を歪ませながら叫ぶように訴えた。

「だから訊いてるんだっ。昨夜からこれまで、おまえはどこでなにをしてたっ」

　重蔵は懐から取り出した十手の先を、音二郎の眉間にぴたりと当てて訊いた。

「そ、それは、あ、あれですよ。か、金の工面に走り回ってて――それで、よ、ようやくなんとか工面ができて……そうだ、親分、俺の腹掛けの丼《どんぶり》の中、探ってみてくだせぇっ」

　音二郎は必死の形相だ。重蔵がいわれるまま、音二郎の腹掛けの丼に手を差し込んでみると、一両小判が出てきた。

「ほ、ほらね、親分。それでおれは気が大きくなっちまって、船宿の相模屋でたらふく酒を飲んじまったってわけでさぁ」

音二郎の顔に安堵の色が浮かんだのも束の間、

「ほぉ、そうかい。じゃあ、この一両小判、どこのだれに工面してもらったんだ？」

と重蔵がすかさず訊くと、

「そ、それは……」

音二郎はふたたび顔色をなくして口ごもった。

「おい、どうした。だれがこの小判を工面してくれたんだよっ」

「約束なんですよ、だれにもいわねぇって……」

音二郎は重蔵から目を逸《そ》らしていった。

「音二郎、おまえが口を割らねぇ以上、明日には大番屋送りになってしまうぞ。そこで一日じゅう、取り調べを受けた挙句、いよいよ怪しいとなったら、次は伝馬町の牢屋敷送りだ。牢屋敷の拷問の酷さは、おまえも耳にしたことがあるだろっ。それでもいえないってのかっ」

音二郎は、ぶるぶると震え出した。むろん、水を浴びせられた寒さからではない。それほど伝馬町の牢屋敷の拷問は恐れられているのである。

「親分、おれは本当に殺っちゃいねぇっ。だれかが罠にはめやがったんだっ。お願ぇですから、助けておくんなさい。お願ぇですぅ、この通りですぅ、ううっ……」

音二郎は優男台無しの顔になって泣きじゃくり、やがてなにやらおかしな臭いが立ち込めてきた。どうやら音二郎があまりの恐怖から失禁してしまったようである。

「明日の朝またくる。そんときまでによーく考えておけっ」

重蔵は、京之介と定吉に目配せして部屋から出ていった。

「親分。後生《ごしょう》ですから、助けてくだせぇよぉ〜っ……」

重蔵と定吉が自身番屋を出てしばらくしても、音二郎の泣き叫ぶ声は響いていた。

「親分、音二郎は本当に殺っていないんじゃないのかな」

音二郎の声が聞こえなくなったころ、重蔵の隣を歩いている京之介が声をかけてきた。

「若旦那、実はおれもそう思ってるところですよ。しかし、音二郎が、あの一両小判をどうやって工面したのかいわないかぎり、放免するわけにはいかないでしょう」

おかねは、隠していた小判十枚もなくなっているといっているのだ。音二郎の金の出どこをはっきりさせなくてはならない。

「親分、これはまったくの当て推量なんだけど、今回のこの事件《やま》、物取りに見せかけた殺しってことはねぇですかね」

下手人は音二郎に決まっているといい張ってきた定吉だったが、さっきの取り調べの様子を見てすっかり考えが変わったようだ。

「つまりなにか。下手人はおかねさんの金を狙った物取りじゃあなく、お香さんになにかの恨みがあって、それで殺したっていいたいのか？」

重蔵もそれは考えていたことだった。お香が殺されたと思われる時刻は、おかねの話からすると七ツ半から長屋の木戸が閉まる暮れ六ツまでの半刻の間である。定吉の聞き込みによると、その間、長屋の者たちのだれも怪しい者を見たという者はなく、いい合う声や叫び声を聞いたという者もだれひとりいなかったという。

となると、考えられることはこうだ。下手人は音二郎の部屋からノミを盗み、お香が家に入る前からおかねの部屋に忍び込んで待ち構えていた。そして、お香が入ってきたと同時に一突きで音二郎のノミで心ノ臓を突いて殺し、音二郎の仕業《しわざ》に見せかけたと見立てるのが妥当だろう。

だが、その一方で、部屋の中は行燈に灯はついておらず、薄暗がりだったのである。お香を、おかねだと勘違いして殺したという見立ても捨てきれない。

「定、おまえは明日の朝早く、お香さんが奉公に上がっていた永田町の嘉納主膳様の屋敷にいって、お香さんの身辺を探ってくれ。できるか」

「へい。口の軽そうな中間《ちゅうげん》を見つけて、それとなく訊いてみます」

「しかし、親分、明日には音二郎を大番屋に送るのは避けられないよ」

音二郎を捕らえたという知らせは、すでに奉行所に届いているのである。遅くとも明日の昼までに音二郎が白状しなければ、取り調べは重蔵の手を離れ、否が応でも音二郎は大番屋送りになって吟味方与力と同心の取り調べを受けることになる。そこでも一両小判の出所を白状せず、いよいよ怪しいとなれば、音二郎は伝馬町の牢屋敷に送られて拷問を受けることになってしまうだろう。

「若旦那、おれは、源兵衛長屋に戻ります。おかねさんのことがどうにも気がかりでね」

「頼んだぞ」

京之介、定吉と別れた重蔵は、源兵衛長屋に足早に向かった。

そして、重蔵がおかねの家の前まできたときだった。

『どういうことなのか詳しいこたぁわからねぇが、おれがだれかにこのことをいっちまうと、婆さん、あんた、面倒なことになるんじゃねぇのかい』

家の中から、おかねを脅している男の声が聞こえてきた。

重蔵は忍び足で戸口に近づき、耳をそばだてた。

『貸した金をくれてやるっていうのに、まだ欲を出す気なのかいっ』

おかねが不機嫌な声を出している。

『婆さん、こりゃあ欲なんかじゃねえ。おれは、婆さんの頼み事が安すぎるんじゃねえかっていってるだけさ』

『わかったよ。好きにしな。ほら――』

『へへ、ありがとよ。じゃ、おれはこれで』

男が出てくる。重蔵は、さっと物陰に身を隠した。おかねの部屋から出てきた男は若くて、太った男だった。見覚えがある。八幡宮《はちまんぐう》の境内前の道で瓦版《かわらばん》を売っている彦次だ。

（おかねさんが金を返してもらったっていう彦次に、おかねさんが厄介な頼み事をしていた？　いったい、どういうことだ……）

重蔵は彦次からじかに訊くべきか、それともこのままおかねの家に入っていって問い質《ただ》すべきか一瞬悩んだが、どうやらふたりの間に人にはいえない秘密があるようだ。ふたりにまともに問い質しても、素直に口を割るとは思えない。

（どうやら、お香さん殺しにはいろいろ厄介な事情が絡まっているようだが、音二郎の名は出てきていない。やっぱり、音二郎はお香を殺した下手人じゃなさそうだな……）

重蔵は顎《あご》に手をやってさすりながら思案していた。

五

重蔵はその足で、ふたたび音二郎のいる藤代町の自身番屋にいった。

「お、親分……」

音二郎は、痛々しいほどやつれ、まるで別人のようになっていた。

「音二郎、これが最後だ。昨日の七ツ半から暮れ六ツまでの半刻、おまえはどこにいた。そして、あの一両はだれに借りたんだ。それさえ話してくれれば、おまえを助けてやることができる。命が惜しければ、正直に話すんだっ」

重蔵は今や、十中八九、音二郎は下手人ではないとみている。

だが、音二郎は目に涙を浮かべて首を振るばかりだった。

「そうかい。おまえがそういう態度を取り続けるんじゃ、どうにもしょうがない
……」

「そ、そんなぁ……親分、信じてくださいよ。おれは本当に人を殺してなんていませんよ。だから、後生ですから、助けてくだせぇよぉ……」

音二郎は涙をぽろぽろ流しはじめた。

重蔵は音二郎の顔に自分の顔を近づけて、

「おれも、おまえが殺ったとは思っちゃいないし、助けてやりたいと思ってる。だが、それを拒んでるのは音二郎、おまえなんだぞ」

と思いを込めていったが、音二郎はかぶりを振って涙を流すばかりである。

「いえねぇっ……それだけはいえねぇんですよ、親分……」

重蔵は深いため息をついた。なにが音二郎をここまで頑《かたく》なにさせているのか、さっぱり見当がつかない。

「音二郎、このまま強情を張り続けると、おまえには二つの道しか残っちゃいない。ひとつは、牢屋敷に送られて、拷問に耐えかねて殺してもいないのに殺しましたと白状し、市中引き回しのうえ打首獄門だ。もうひとつは、拷問中に死ぬ——どっちにしろ、おまえは終いだ」

重蔵は空しさに襲われていた。音二郎が最終的に伝馬町の牢屋敷に連れていかれたら、おそらく四半刻と持たず、自白してしまうだろう。そうなったが最後、重蔵がたとえ本当の下手人を捕まえたところで、面倒なことを嫌う八丁堀の旦那たちは相手にしてくれなくなるのは明らかなのだ。

音二郎のいる自身番屋を出た重蔵は重い足取りで、読売の彦次が住む松井町二丁目の新兵衛長屋に向かった。が、彦次は留守だったので、いつも瓦版を売っている八幡宮のほうへいってみることにした。

するとお香が殺された源兵衛長屋の路地へ入っていく彦次の姿が見えた。尾《つ》けていくと、彦次は源兵衛長屋の入り口に一番近い錺職人の平三《へいざ》の家に入っていった。

重蔵が戸口に耳を近づけると、平三の女房のおふさと彦次のいい合う声が聞こえてきた。

『どうしてあんたが、おかねさんの証文を持ってるんだい』

おふさが食ってかかるように声を張り上げると、

『おれは、おかね婆さんから取り立てを頼まれてんだよっ。ガタガタいってねぇで、明日の期限までに耳を揃えて返してもらうぜ、いいなっ』

吐き捨てるようにそういって威勢よく部屋を出てきた彦次だったが、目の前に仁王立ちしている重蔵の姿を見たとたん、一気に太った体を小さく縮こめた。

「ほぉ、おかねさんから、借金の取り立てを頼まれたのかい」

重蔵は懐から十手を抜き取り、彦次の顎に軽く当てて睨みつけた。

「お、親分、ほ、本当ですよ……」

彦次の声は上ずって震えている。

「本当かどうか、自身番屋にしょっ引いて訊いたっていいんだぞ」

「しょ、しょっ引くって、おれは、なんにも悪いことなんてしてませんぜ、親分」

彦次はもはや泣きそうである。

「ちょっとこっちにこい」

重蔵は彦次を物陰のほうに連れていき、

「おまえさん、おかねさんから、取り立て以外になにか頼まれているんじゃないかい?」

と睨みつけながら訊いた。

「！――」

彦次の顔色が一瞬にして変わった。

「おいっ、おかねさんに、いったいなにを頼まれた。正直に話せっ」

重蔵が怒気を帯びた目で睨みつけると、

「わ、わかりました。いいます、いいますよ。あれです、おらぁ、ただおかね婆さんから、ゆんべおれの家に、七ツ半から暮れ六ツまでの半刻ほど一緒にいたことにしてくれっていわれただけですよ。そういうことにしてくれれば、借りた金を返さなくてもいいことにしてやるっていうから――」

　彦次は、すっかり顔色をなくしている。

（七ツ半から暮れ六ツまでの半刻ほど、彦次の家に一緒にいたことにしてくれと、おかねさんが頼んだ？……なんで、そんなことを、おかねさんはこの男に頼む必要があったんだ……）

　どうにも解せない話である。

「じゃあ、そんとき、おかねさんはいったいどこにいたんだっ」

「そ、そんなことは知りませんよ。家にいたんじゃねぇんですかい」

「家にいただとぉ」

　重蔵は、左手で彦次の胸ぐらを摑み上げた。

「し、知りませんよ。お、おれは、本当にただそういうことにしてくれっていわれただけなんですから――」

　重蔵ははっと我に返ったような顔つきになった。

「彦次、おかねさん、いつ、おまえにそう頼みにきたんだ？」

「あれは――ああ、娘さんが殺された次の日の夕方の、七ツ半ぐれぇだったと思います」

「娘が殺された日の次の日?!」

重蔵は混乱していた。

(どういうことなんだ……おかねさんは、おれにお香さんが殺される前に彦次に会ったと確かにいったが、あれは嘘だったということか? だが、どうしておかねさんは、おれにそんな嘘をついたんだ。わからねぇ。わからねぇことばかりだ……)

重蔵は、頭の中で複雑に絡み合っていることを外に放り出そうと、頭を左右に強く振り、

「じゃあ、彦次、おまえが、さっきおかねさんの家を訪ねたのは、いったいなんのためだ」

と、訊くと、

「親分、勘弁してくださいよぉ……」

彦次は今にも泣き出しそうな顔になった。

「おい、人ひとりの命がかかってんだっ。さっさと白状しろっ」

重蔵は目を剝いて一喝した。

「す、すいません……いいます、いいますから……昨日、おかねさんの借金が帳消し

になったおれは、うれしくなって近くの居酒屋に酒を飲みにいったんですよ。そうしたら、一昨日の夜、婆さんの家で、遊びにきていた娘さんが殺されたって話で持ちきりだったんです。よくよく話を聞いてみたら、殺されたのはどうやら七ツ半から暮れ六ツの半刻の間だったらしいってぇじゃねぇですか。おれは、驚きましたよ。だって、そりゃそうでしょ。婆さんが、おれとおれの部屋に一緒にいたことにしてくれっていう時刻と一緒なんですからね。こりゃあ、その半刻の間になんか婆さんにまずいことがあったからだと思ってそれで――」

彦次はそこまでいうと、重蔵から目を逸らした。

「それで？」

重蔵が促すと、彦次は狡猾な顔つきになって、

「婆さんが貸した金の取り立てを、おれが代わりにやってやるから、利子分はおれのものにしてくれねぇかって持ちかけたんですよ、へへ」

愛想笑いを向けた。

「しょぼい取り引き持ちかけやがって……」

「すいやせん……」

「もういい」

「へ？」

「おまえに、もう用はないっていってんだ」

重蔵が呆れ顔でいうと、

「そ、そうですかい。そりゃどうも。じゃ、おらぁこれで――」

彦次はにんまりした顔になって去ろうとしたが、重蔵はなにかを思い出し、うしろから右手で彦次の襟《えり》をつかみ上げて左の手のひらを出した。

「なんです？」

彦次が訝しい顔つきで訊くと、

「証文。おれが預かっておく」

といった。この彦次に取り立てを続けさせれば、ろくなことはないと思ったのである。

「そ、そんなぁ――」

彦次がいうが早いか、重蔵が、ぎっと睨みつけると、

「わ、わかりました。わかりましたよ……」

彦次は、太った懐から証文の束を取り出してしぶしぶ重蔵に渡した。

（おかねさんは、おれに嘘をついていた――となると、浅草山谷の料理屋「八百善」

にお香と一緒にいっていたというのも、本当かどうかわからないな……）

重蔵は裏を取ろうと浅草へと足を向けた。

六

おかねがお香と浅草山谷の「八百善」に八ツ半にきて、会席料理を食べたというのは本当だった。その日は、「重陽の節句」で、「八百善」のような有名な高級料理屋は予約を入れていないと入れないそうで、お香はずいぶん前から人を使って予約を入れていたというのである。そして、当日やってきたおかねとお香の様子を店の者がよく覚えていて、確かに半刻ほどいて帰っていったということだった。

（さて、これからどうしたものか……）

京之介は、奉行所の番人を連れて音二郎のいる藤代町の自身番にやってくるのは、昼過ぎになるといっていた。まだずいぶん間《ま》がある。重蔵は、おかねがどうして嘘をついたのか、そのわけを訊かねばならないと思って源兵衛長屋にいった。しかし、いなかったので差配人の義助を訪ねると、すでにおかねは亭主が眠っている深川の浄《じょう》心寺《しんじ》に娘のお香の亡骸を持っていって、弔いをしているということだった。

かったな）

（殺された娘を弔っているところにいって、どうして嘘をついたんだと問い質すのは気が引ける。ああ、そういえば、音二郎が見つかったことを親方の弥太郎に伝えてなかったな）

だが、弥太郎が今どこの現場で働いているのかわからない。とりあえず、弥太郎の家にいって女房にいえばいいだろうと思い、歩きながら重蔵は頭の中でこれまでわかったことを整理していた。

（お香さんが殺された日の八ツ半、おかねさんがお香さんと浅草山谷の「八百善」にいったことは、裏が取れた。だが、おかねさんが彦次の家にいったというのは、おかねさんの嘘だった。ということは、お香さんとおかねさんは一緒に家に帰ったってことか。「八百善」から出たのが七ツだというから、浅草山谷から源兵衛長屋まで、女の足で半刻はかかるから七ツ半か。で、おかねさんが、お香が死んでいるのを見て叫んだのは暮れ六ツ。ん？——それまで、おかねさんはどこにいたんだ？　やっぱり、どこかに出かけていたのか？　そうか。出かけた先のことがいえないから、彦次のところにいたことにしてくれと頼んだってことか……いずれにせよ、その半刻の間に、お香はなに者かに音二郎のノミで心ノ臓を一突きで殺されたことになる。だが待てよ。その半刻の間、おかねさんは、彦次の部屋に一緒にいたということにしてくれと頼んだ。しかも、そう頼みにいったのが翌日の七ツ半というのは、いったいどういうことだ――おかねさんが、なにかを隠そうとしていることは間違いない。音二郎になりすました奴が殺す現場を見たのか。だとして、どうしてそれを黙っている必要があるんだ。下手人は、おかねさんの知っている者だったからか――いや、あれほど自慢していた娘を殺した憎い奴なんだ。黙ってる必要なんかあるはずがない……わからない、わからないことばっかりだ――）

頭の中で、いろいろなことが絡み合い、混乱しながら歩いていると、いつの間にか弥太郎の家の前まできていた。

「ごめんよ」

重蔵が玄関の戸を開けて、訪いを入れると、

「親分さんっ――」

今日はちゃんと化粧をしている弥太郎の女房が、まるで重蔵がくるのを待っていたかのような顔つきで出迎えた。

「親方は今、どこに――」

重蔵が訊き終わらないうちに、

「中へ上がってくださいっ。さ、早く――」

弥太郎の女房は足袋のまま玄関に下りて、重蔵の背中を押した。

「お内儀さん、いったい、どうしたんです……」

重蔵が草履《ぞうり》を脱いで家の中に上がると、女房は閉まっている戸を顔のぶんだけ開けてあたりをうかがって、ふたたび戸を閉めた。

「さ、どうぞ中へ――」

弥太郎の女房は、玄関に下りた足袋の埃《ほこり》を叩き落とすことも忘れて、重蔵を居間へと導いた。

そして、重蔵を火鉢の前の上座に座布団を敷いて座らせると、

「改めまして、弥太郎の女房のおしまと申します」

と、強張った顔をして畳に両手をついて頭を下げた。

「ああ、こりゃどうも――」

重蔵は狐《きつね》につままれた思いだった。

「親分さん、音二郎は見つかりましたかっ」

おしまは、顔を上げるなり、鼻息を荒くして訊いてきた。病み上がりなのだろうか、化粧をしているというのに顔色がすこぶる悪く、おどおどしているようにも見える。

亭主の弟子の音二郎に人殺しの嫌疑がかかっていることを知っているのだ。親方の

女房ともなれば、そこで働く若い者たちはみんな息子みたいなものであるから心配しているのだろうと重蔵は思った。

「ああ、見つかりましたよ。それをいいにきたんですよ。今は藤代町の自身番屋にいます」

「自身番屋？――親分、音二郎はこれからどうなるんでしょう」

おしまの顔は、蒼白になっている。

重蔵は一瞬、答えるのに迷ったが、

「このままだと、明日には大番屋に移されることになってしまいますねぇ……」

といい、証拠が揃っていることなどを正直に話した。

「ということは、ゆくゆくは伝馬町の牢屋敷に送られるってことも……」

「おそらく、最後はそうなってしまうでしょう」

すると、おしまはいよいよ落ち着きをなくして、体を小刻みに震わせはじめた。

「お内儀さん、実のところ、おれは音二郎は人殺しなんてやってないと睨んでいるんですよ。しかし、音二郎が持っていた一両小判の出どころがどこなのか、どうしても白状してくれない。だから、おれも、これ以上は庇《かば》いだてできなくて弱っているところで……」

重蔵が苦い顔をしていうと、さっきまで黙って話を聞いていたおしまが、きっと重蔵を睨みつけるように見て、

「音二郎は、人を殺めちゃいませんっ」

と、やけにきっぱりといった。

「しかし、お内儀さん――」

重蔵がいいかけると、

「だって、お香さんて人が殺された時刻に、音二郎とあたしは一緒にいたんですから」

おしまは、苦渋に満ちた顔を下に向け、ぎゅっと両拳を握り締めていった。

「お内儀さん、今なんていったんです。音二郎と一緒にいたってどういうことです？」

あまりに唐突なお内儀の言葉に、重蔵は意味がわからなかった。

「音二郎が持っていた一両小判は、あたしが貸したものなんですよ、親分……」

おしまは体を固くしたまま、切羽詰まった顔でいい切った。

「なんだ、そうだったんですかい。で、殺しがあった時刻、お内儀さんと音二郎はどこにいたんです？」

頭の中が混乱しながらも、どこか安堵した気持ちになった重蔵が訊くと、

「『鶴屋《つるや》』です。池之端仲町《いけのはたなかちょう》の――ずっとそこにふたりでいました……」

「へえ、ああ――ええっ⁈……」

重蔵は絶句した。池之端仲町の「鶴屋」は、出合い茶屋である。そこにおしまと音二郎は、ずっと一緒にいたという。出合い茶屋はいうまでもなく、男と女が秘密裏に睦み合う場所だ。だが、おしまは四十半ばだろう。子供がいたとしたら、その子供たちは所帯を持って、おしまは孫がいてもおかしくない大年増なのである。そんなおしまと音二郎が、人目を忍んで不義密通を働いていたというのだから、重蔵が驚くのも無理はない。

しかも、不義密通は罪が重く、死罪である。もっとも公にしたくなければ示談ということになるが、その額七両二分と決まっており、命が助かるという意味から「七両二分」は「首代」という。

だが、音二郎とおしまのことが、親方の弥太郎に知られれば、およそ示談では済されまい。いや、示談にしようにも、音二郎に七両二分もの大金を用立てることなどできようはずもないだろうから、そもそも示談など成立しないだろう。では、お上から死罪を申し渡されるかといえば、そうはならないだろう。世間に不義密通が知られ

る前に、弟子に女房を寝取られた親方の弥太郎は体面を守るためにきっと、「重ねておいて四つにする」――つまり、ふたりを殺すだろう。そうした場合でも、弥太郎は罪に問われることはない。それほど、不義密通は重い罪なのだ。音二郎が命と引き換えても口を割らなかったのは、そういう事情を抱えていたからだったのである。

「親分さん、お願いです。このことは絶対にだれにも――このとおり、このとおりですうッ、ううッ……」

おしまは、畳に額をこすりつけんばかりに頭を下げ、嗚咽を漏らしはじめた。

「あたしがいけなかったんです……うちの人があまりにあたしをかまってくれないもんだから、音二郎が借金した金を返すのに困っているのを知って、つい出来心で色目を使って誘ってしまったんです――ううッ……」

「――お内儀さん、わかった。話はわかったから、それ以上はもう……」

音二郎と、どんな睦み事があったのかまで聞かされては、たまったものではない。まして、重蔵は、京之介が血を見るのが大の苦手なのと同じく、この手の話が大の苦手なのである。

「親分さん、それじゃあ……」

おしまは顔を上げ、必死の形相で救いを求めるように重蔵を見つめた。どんな酷い殺され方をした亡骸の死に顔を見ても、顔色一つ変えぬ重蔵だが、おしまの今のこの顔は正視できぬほど醜悪なものに見え、重蔵は思わず目を背けてしまいたいほどだった。

「お内儀さん、おれは音二郎を助けたいだけなんです。だから、お内儀さんも命を落としたくなきゃ、今いったことは墓場まで持っていくしかありません。いいですねっ」

重蔵はそういうのが精いっぱいだった。

弥太郎の家から逃げ出すように外に出た重蔵は、すぐさま自身番屋に出向いて、京之介が奉行所の番人たちを連れてくるのを待った。そして、半刻ほどして姿を見せると、京之介だけを近くの物陰に連れていき、音二郎が持っていた一両小判の出どころは、音二郎が世話になっている大工の親方の女房のおしまだったという真相を話した。

京之介は相変わらず飄々とした顔で重蔵の話を聞いていたが、それ以上のことを尋ねることはなかった。興味がないのか、それともよく聞く話だからなのか、そのへんのところが、重蔵には京之介のことが、いまひとつわからないところであり、戸惑うところでもあった。

「となると下手人は、やはりあの音二郎ではないということになるね」

「へい」

「では、いったい真の下手人はだれなんだろうねぇ」

「すべては、おかねさんが知っているかと――」

重蔵は、これまで思いを巡らせていた一部始終を京之介に語った。

「――つまり、おかねは、だれかを庇うためにひと芝居打ったということかい？」

近くの掘割の水面を見ながら聞いていた京之介が、重蔵に視線を移して訊いた。

「へえ、そうとしか――」

しかし、だれを庇っているのかというところまでは、重蔵も今のところまったく見当がつかない。となれば、おかねに会ってじかに訊いてみるしかないだろう。重蔵と京之介のふたりは黙りこくったまま、しばしの間、掘割の水面を見ていた。

とそこへ、

「親分、ただいま戻りました」

永田町にいって、お香の身辺を探るように命じていた定吉がようやく戻ってきた。

「どうだった。なにかわかったか」

重蔵は重苦しい沈黙から逃れるように、勢い込んで定吉に訊いた。

「へい。おかねさんの娘、お香さんが嘉納主膳様のお屋敷に奉公に上がっていたのは半年ほど前までで、今の奉公先は赤坂《あかさか》の柴田《しばた》様のお屋敷なんですよ」

「赤坂の柴田様?」

京之介が素早く反応した。

「若旦那、知ってるんですかい」

重蔵が訊くと、

「うむ。五年ほど前に当主となられた柴田新之助《しんのすけ》様とは、剣術の道場が一緒だったんだ。新之助様はおれより三つほど年上だが、どういうわけかおれを弟のようにかわいがってくれてね。よくお屋敷に呼んでくれて、いろいろな話をしたものだよ」

京之介は、遠くを見るようなまなざしで答えた。嘉納家は二千石取りの大身旗本で、柴田家の俸禄はその半分の一千石だそうだが、それでもたいそうな旗本であることには違いない。

「お香さんは、奉公先が嘉納様のお屋敷から柴田様のお屋敷に変わったことを、おかねさんに伝えてなかったのはどうしてなんだ……」

重蔵は自問自答するようにつぶやいた。

すると、定吉が素早く答えた。

「それが半年ほど前のことらしいんですが、柴田新之助様が古くからお付き合いのある嘉納様のお屋敷にいった際に、お香さんを見初《みそ》めて、それで嘉納様に掛け合って奉公先を自分のお屋敷にしてもらったそうなんですよ」

「ほう、どうやってそこまで調べた？」

「話のわかる中間にちょいと鼻薬を利かせましてね」

定吉は、にやりと笑みを浮かべていった。

（いっぱしの下っ引きがやるようなことをするとは、なかなかやるじゃないか、定——）

定吉を目を細めて見ながらも、重蔵は素早く考えを巡らせた。

（しかし、お香さんはどうして奉公先を移したことをおかねさんにいわなかったのだろう？　千石低いお屋敷に移ることを見栄っ張りのおかねさんが知れば、反対するに違いないと思ったからか。いや、柴田様が見初めたということは、お香さんは柴田様のお手付きということなのだろうか。だから、お香さんは母親のおかねさんにいえなかったということか？……奉公に上がった女にその家の殿様が手をつけるという話は、大名や旗本の家ではよくある話だが、その女が殺されたとなれば大ごとだ。とても岡っ引きのおれが始末をつけられるものではなくなってしまうどころか、若旦那にも災いが降りかかることになるかもしれない。いったい、どうしたものか……）

するると京之介は重蔵の胸の内を見透かしたかのように、

「親分、新之助様はまだ独り身のはずだし、軽はずみな気持ちで奉公人に手を出すようなお方じゃない。もし、新之助様がお香を見初めたということであれば、正室に迎え入れる気持ちだったはずだよ」

と、きっぱりした口調でいった。

「京之介さんのいうとおりだと思います。てのは、柴田様は、お香さんを嘉納家の養女にしてもらうように頼んでいたそうですからね」

町人の娘を武家の嫁にすることはできない。そこで知り合いの武家の養女にしてもらい、嫁に迎えるということはままあることであった。

定吉は、お香のことを訊き出すことは、厄介な事情があったわけでもなく、めでたいことだったので難しいことではなかったという。

しかし、定吉のいうことが本当ならば、柴田家に関わるなに者かが下手人ということも十分に考えられる。一千石取りの立派な旗本の当主が、奉公人を正室に迎え入れようとすれば、当然側近たちは反対するだろうし、なんとしてもあきらめさせようとするだろう。そのためには殺しも厭《いと》わないはずである。

「これから柴田様に会ってこよう」

重蔵がどうしたものかと考えを巡らしていると、京之介が決意した顔を向けていった。

「いや、しかし、それは――」

重蔵がいい淀むと、

「親分、わかってるさ。お香が殺されたことは、新之助様はおそらくまだ知らないだろうから伏せておくつもりだよ」

京之介は、お香とのことで反対する者たちがいないかどうか、当主の新之助に会って探りを入れてくるつもりだという。これほど積極的な京之介を見るのは、はじめてである。

それにしても、重蔵はさっきから妙に落ち着かない気分になっていた。大事ななにかを見落としているような気がしてならないのである。それがいったいなんなのかはわからない。しかし、とにかく今、自分がすべきことはおかねに会うことだと重蔵は思い至った。

京之介が去ると、

「定、源兵衛長屋の差配人の話によると、おかねさんは、お香さんの弔いをしに浄心寺にいってるそうだが、本当かどうか確かめにいってくれ。で、もし、浄心寺にいなかったら、おれの下っ引き連中ぜんぶに声をかけて、なにがなんでもおかねさんを探し出してくれ」

といった。

「へい」

定吉は、飛ぶように走り去っていった。重蔵のそばにいつもいる下っ引きは定吉ひとりだが、なにか事が起きて人手がいるときに、重蔵の御用聞きを手伝ってくれる下っ引きは三十人は下らない。みんなそれぞれ職を持っているが、重蔵の頼みとあれば仕事を休んででも奔走してくれる。おかねが深川一帯から出ていなければ、すぐにでも見つけることができるだろう。

自身番屋から放免になった音二郎を、重蔵は京之介と定吉のふたりとさっきまでいた掘割に連れていった。

「音二郎、親方のお内儀さんから、すべて話は聞いたよ」

重蔵が重い口を開くと、音二郎はすっかり落ち窪んでいる目を大きく見開いて、

「ひっ」という驚きと恐怖の入り混じった声を上げた。

「おまえが、たとえ牢屋敷に送られることになろうとも、あの一両の出どころをいわ

なかった訳がようやくわかった。不義密通は双方死罪だからな」

音二郎の体は、わなわなと震えはじめた。

「いや、おまえとお内儀さんは、お上から死罪をいい渡される前に、親方の弥太郎の手で殺されることになるだろうな」

「お、親分、勘弁してください。このとおりです。どうか、お内儀さんとのことだけは内密にしてくだせぇ。お願いですっ……」

重蔵に手を合わせながら、震える声で音二郎はいい終えると、その場に膝から崩れ落ち、頭を垂れて嗚咽を漏らしはじめた。

そんな音二郎のそばに重蔵は腰を落とすと両肩を摑み、

「いいか、音二郎、よく聞け。これは、お内儀さんにもいったことだが、おまえも今度のことは胸に秘めて決してだれにもいわず、墓場まで持っていくんだ。いいなっ」

と、力を込めていった。

「親分っ……わかりましたっ。ありがとうございますっ、ありがとうございますっ、ううう っ……」

顔を上げた音二郎の顔は、涙と鼻水でぐしゃぐしゃに濡れていて、優男が台無しもいいところである。

「それから、親方のところは、迷惑と心配をかけたということで辞めるんだ」

「へ？」

意味がわからず、音二郎はきょとんとした間抜け面をしている。

「おまえ、親方の顔をまともに見られるか？　それに、またお内儀さんと間違いを犯さないともかぎらないだろ。だから、おれが深川から離れたところの腕のいい別の大工の棟梁を紹介するから、今いる長屋を引き払って、そこで働いたほうがいい」

「親分っ、ありがてぇ。迷惑かけたおれみてぇな馬鹿にそこまでしてくれるなんて、このご恩はきっとお返ししますっ」

「恩を返すなんて、そんなことは考えなくていい。そんなことより、音二郎、今から心を入れ替えて一生懸命真面目に働いてくんだ。そして、いつか棟梁になった姿をおれに見せてくれ」

「へい。おれはきっと、親分との今の約束を果たします」

「ああ。その日がくるのを楽しみに待ってるよ」

重蔵はそういって、その場を去っていった。

七

音二郎を放免したその日の夜、珍しいことに京之介の使いだという者が重蔵の家にやってきて、今から「小夜」にきて欲しいといっているという。

重蔵はすぐに外に出た。明るい弦月《げんげつ》が出ている。重蔵は足早に「小夜」に向かった。

店の戸を開けると、中は相変わらず、客たちでごった返していた。

小夜は重蔵の姿を見ると、客たちの間を縫うようにして足早に近づいてきて、耳元でささやくように、

「親分、今夜は特別に二階のあたしの部屋で楽しんでくださいな」

といった。

「え？」

重蔵が、ぎょっとした顔をすると、

「千坂の若旦那が、だれにも聞かれたくない話があるから、あたしの部屋を貸してくれっていうんだもの。断れないでしょ」

と、含み笑いをしていった。

「そうだったのかい。で、もうきてるのかい」

重蔵が苦笑いを浮かべて訊くと、

「ええ。お茶を飲みながら、栗ご飯を食べてます。親分も食べますか？」

と訊いてきた。

「いや、おれは秋刀魚《さんま》がいいな。あるかい」

「ええ。ちょうど生きのいいのが入りました。あとは、いつものお煮〆？」

「ああ。それと、酒を一本――」

「はい――じゃ、あちらの階段を上っていってくださいな」

店の奥の階段を上っていくと襖があって、中に人の気配があったので、すぐにわかった。

「若旦那、重蔵です」

「待ってたよ。呼び立ててすまなかったね」

上座に座って茶を飲んでいた京之介がいった。栗飯はすっかりたいらげている。

「とんでもない。おれも、若旦那に知らせておきたいことがありましたから、ちょうどよかったですよ」

「知らせておきたいことって、なんだい」

「へえ。死んだお香さん、実は身ごもっていました」

音二郎を放免した重蔵は、検死の役人を伴って浄心寺に出向き、まだ本堂に安置してあったお香の亡骸を隅々まで調べ直したのである。その前に住職に、おかねが弔いにきたかどうか訊いてみると、顔を見せたが自身番屋の番人と寺男に金を渡してあとはしっかり頼んだよといって、すぐに帰っていったという。住職は、重蔵に命じられて寺にきた定吉にも同じことを答えたということだった。

「ふむ。そうだったか」

京之介は淡々としている。まるで、お香が身ごもっていたのを知っていたかのようである。

「もしや、お会いになった柴田新之助様も、そのことを知っていなすったんですかい」

「いや、そうじゃない。ただ、新之助様はやはり、お香を正室に迎えるつもりだといっていたから、身ごもっていたとしても不思議じゃあないと思っただけさ」

京之介は平然と答えた。

「それと、お香さんの亡骸を調べ直したところ、もうひとつ、わかったことがありまして」

「なんだい」

「お香さんは、心ノ臓を音二郎のノミで一突きされて死んだとばかり思っていたんですが、実はその前にすでに息絶えていたんじゃないかと——」

重蔵が以前から、なにか大事なことを見落としているのではないかと不安にかられていたのは、お香の死因だったのである。

「死んでいるお香さんを見たときは、血が広がっていた着物の胸にばかり気を取られて、ほかを詳しく見ていなかったのがいけなかったんですが、調べ直してみたら、実はお香さんの頭のうしろに強く打った痕がありましてね。本当の死因は、もしかすると、それだったんじゃないかと思ったんですよ。しかし、だとすると、いったいだれが、お香さんの心ノ臓を音二郎のノミで刺したのかっていう謎が残るんですがね」

重蔵は思案するときの癖で、右手でしきりに顎を撫でている。

と、そこへ、

「お邪魔しますよ」

といって、襖が開いて、小夜が料理と酒を運んできた。それを飯台に載せながら、小夜はちらちらと重蔵と京之介を盗み見ていた。ふたりとも真剣な顔をして沈黙したままである。

空気を読んだ小夜は、

「それでは、ごゆっくり――」

と、静かにいって部屋から出て、襖を閉めた。

「親分――」

京之介が徳利を取って、重蔵に猪口《ちょこ》を持つように促した。

「こりゃ、どうも――」

猪口に注がれた酒を口に運び、ぐびっと喉を鳴らして重蔵が飲むと、京之介も同時に残っていた茶をぐいっと飲んだ。

そして、

「親分、親分が調べたおかげで、ようやく合点がいったよ」

といった。

「合点がいった？」

重蔵は首をひねって訊き返した。

「うむ。お香を死なせたのは、母親のおかねに違いないよ」

京之介は平然といった。

「しかし、じゃあ、だれがお香さんの胸を音二郎のノミで刺したのか……」

まるで合点がいかない様子の重蔵に、京之介が唐突に、

「おかねは、まだ見つかっていないのかい」

と訊いてきた。

重蔵は顔を少し歪めて、

「へえ、定吉や下っ引きたちが今も走り回って探しているんですが、まだ知らせがないんですよ。まったくどこへ行方をくらましたのか……」

と悔しさを滲ませて答えた。

そんな重蔵に、京之介はまた徳利を持って酒を飲むように勧める仕草をしながら、

「ところで、親分、あのおかねという老女は、本当におかねという名なのかな」

と、不意にいい出した。

「若旦那、なんでまたそんなことを」

酒を注いでもらいながら、重蔵は怪訝な面持ちで訊いた。

「うむ。今日、柴田様のお屋敷にいってきたんだが、ひとりの女が、柴田様を訪ねてきてね。立派な駕籠《かご》に乗って、着物も上等なものを着ていた」

京之介は淡々と話しはじめた。

「へい……」

重蔵は、京之介に先をうながすように曖昧な返事をした。

「その老女の名は加代《かよ》といって、二十五、六年前、柴田家に奉公に上がっていた女で、先代の柴田様の手がついて子を産んだ。その子が、当代の柴田新之助様さ。しかし、新之助様が五つか六つになったころ、先代がぽっくり死んでしまってね。跡取りがいなかったために、新之助様が当主に収まることになったんだ。加代にとってみればめでたしめでたしだが、先代には正室がいてね。当然、正室はおもしろくない。一方、若い加代はすっかり有頂天になって、芝居見物やらなにやら出歩くことが多くなり、その先で浮気までするようになってしまった。そんな機会がくるのをずっとうかがっていた正室は、しっかり加代のしっぽを摑んで、身ひとつで加代を屋敷から追い出したそうなんだ」

いつになく能弁になっている京之介がひと息つくと、

「――もしかして、その加代って人が、おかねさんだというんですかい」

重蔵は、目が見えにくくなった者がするように、目を細めて京之介に訊いた。

「うむ。今日見たその老女は、どう見ても、おかねだったからね」

京之介は生真面目な顔つきで、きっぱりといった。

（あっ……）

重蔵は思い出した。おかねが、お香を伴って重蔵の家にやってきた重陽の節句の日、自分も若いときはぺっぴんで、とある旗本屋敷に奉公に上がっていたことがあるといっていたことを――。

「つまり若旦那、その柴田様のお屋敷を追い出された加代って女が、名を〝かね〟と一文字だけ変えて生きていくことにした。そして、世話する人があって上野広小路の錺職人と所帯を持って娘が生まれた。それがお香さん……」

重蔵は顔を歪ませ、苦しそうな声を出していった。

「そのようだね」

京之介は曖昧な物言いをしたが、その口調は確信に満ちていた。つまり、お香のお腹の子は種違いの実の兄の子だったというのである。

啞然としている重蔵に京之介は、

「お香の最初の奉公先の嘉納様と柴田家は、先代のときから深い付き合いがあったそうだ。そして、父上と母上を亡くしてからというもの、新之助様は嘉納様を親のように慕うようになって、よく訪ねていくことがあるそうなんだ。そんなあるとき奉公に上がっていたお香を見初め、あってはならないことが起きてしまった――」

と語った。

その京之介の話を受けるように、

「それを知ったおかねさんは、町娘のおまえが旗本の正室になれるはずがないとかなんとかいって、お腹の子をなんとしてでも堕ろさせようと中条流《ちゅうじょうりゅう》にでもいかせようとしたんでしょうが、お香さんが納得するはずもない。本当のところをなんにも知らないんですからね。それどころか、これでようやく親孝行ができると思って、めでたい重陽の節句の日に「八百善」に予約を入れて遊びにきたんですからね。ところが、一方のおかねさんはおかねさんで、本当のことなんかいえるはずもない。それでもなんとかしないといけないと思ったおかねさんは、お香さんの腹の子を堕ろしに連れていこうと揉み合った末に、お香さんは土間のあたりで足を滑らせて頭を強く打って息絶えた――」

重蔵はそこまでいうと、やるせないといわんばかりに深く長いため息をついた。

と、なにを思ったか、京之介は立ち上がって窓の障子を開け、夜空にかかって幽玄な光を放っている弦月を眺めながら、

「お香がおかねの家に遊びにきた重陽の節句は、清国《しんこく》が唐《とう》と呼ばれていた古い時代に我が国に入ってきたものらしいね」

といった。

「へえ。そうらしいですね」

　座っている重蔵も弦月を見上げるようにしていった。

「清国では、古来から奇数は縁起のよい陽数と呼び、偶数は縁起の悪い陰数と呼ばれてきたそうだよ。だから、縁起のよい陽数の一番大きな〝九〟が重なる九月九日を〝重陽の節句〟と決め、無病息災や子孫繁栄を願って、祝いの宴を開いたのがはじまりだとなにかの書物に書かれていた」

　京之介はいったいなにを言いたいのだろうと思いながら、重蔵は黙って聞いていた。

「しかし、別の書物には、陽数が重なると災いが起こりやすくて不吉だとも考えられていたと書かれていてね。だから、悪いことが起きないように九月に見事な花を咲かせ、邪気を払う霊力があるとされる菊を手入れしたり、菊の花を漬け込んだ酒を飲んで無病息災や不老長寿を願うのだと。つまり、〝重陽の節句〟は、一年の中で一番縁起が良くもあり、一番不吉な日でもあるわけだ……」

　京之介がいいたいことは、おそらくこういうことだろう。〝重陽の節句〟に起きた今回の事件は、お香にとっては縁起のいい話を母親のおかねにする日だったが、おかねにとっては最悪なことを知らされた日でもあったのだと――。

　京之介は続けた。

「おかねは、お香を死なせてしまったことで、忘れようと心の奥底にしていた蓋《ふた》が開いてしまったんだろうね。幼いころに別れさせられた新之助様のことが思い出されて、どうにも会いたくなってきてしまった。そこで新之助様に会うまでの時を稼ぐために一計を案じた――」

重蔵は京之介の言葉を受けるようにして、

「金を貸していた音二郎が、お香さんを殺ったように見せかけようと――じきにばれることは百も承知で……」

といった。

娘のためを思ってのことではあるが、おかねは自分の手で娘のお香を殺したも同然なのである。そのうえさらに偽装のため、自分の娘の胸に音二郎の部屋から持ってきたノミを突き刺さなければならなかったのだ。そのとき、おかねは、いったいどんな気持ちだったのだろう……。

重蔵は胸の内でそう思いながらも言葉を続けた。

「そして、おかねさんは、お香の弔いをするのに浄心寺にいくにはいったが、あとのことは自身番屋の番人と寺男に任せて寺をあとにした。そして、ありったけの金をはたいて着物を用意して、息子の柴田新之助様に会いにいった。もちろん、お香の母親であることは伏せ、新之助様の産みの母の加代として――」

わたしは幸せに暮らしている――息子の新之助に、そう思わせたかったのだろう。

だが、おかねは、立派に成長した柴田新之助様の姿をどういう胸中で見ていたのだろう……。

（切ない、辛すぎる話だ……）

重蔵は胸の内でそうつぶやき、

「おかねさん、いや加代さんと柴田様はどんなご様子だったんですかい？」

と訊いた。

「おれは失礼しますと嘘をいって、隣の部屋から盗み見ていたんだけど、ふたりは人情芝居のように抱き合うことはなかったよ。お久しゅうございますと、加代は両手を畳について頭を下げていい、柴田様は、顔を上げてくださいと答え、ふたりは顔を見合わせていただけで、それ以上なにも話すことはなかった。もっとも、おれは気づかれてはまずいと思って、そこで柴田家をあとにしたので、そのあとのことはわからないけどね――」

京之介は淡々と答えた。

「じゃあ、おかねさんは、今も柴田様のお屋敷にいるんですかね」

重蔵の問いかけに京之介はすかさず、

「それはないだろうな」

と答えた。おそらくそのとおりだろう。重蔵と京之介は、胸に大きな岩を置かれたような息苦しさを覚えていた。

八

翌朝——両手両足を腰ひもで縛ったおかねが、上野の不忍池に浮かんでいるのが見つかった。

無残な姿ではあったが、おかねは紺《こん》地の上等な縞縮《しまちぢみ》を纏《まと》い、唇にはうっすらと紅《べに》をさしていた。その穏やかに眠っているような顔は、長屋住まいのあのおかねとはまるで別人のようであった。

そして、飛び込んだと思われる池の畔《ほとり》には、値の張りそうな草履がきちんと並べられていた。おかねが、深川ではなく上野の不忍池で入水自殺を図ったのは、再縁して住んだ長屋が近くにあり、お香と三人で暮らした日々が恋しかったからだろう。

知らせを受けて飛んでいった重蔵は、池から引き上げられて近くの自身番屋に運ば

れたおかねの亡骸に手を合わせ、

（おかねさん、あんたほど業《ごう》の深い人をおれは見たことがない。だけど、安心してくれ。事の真相はおれも墓場まで持っていくつもりだ。それから、おかねさんが貸した金は、おれが取り立てて、立派な葬式をする。だから、おかねさん、しっかり成仏して、あの世で錺職人の亭主とお香さんの三人で幸せに暮らしてくれよ……）

と、心の内で語りかけ、拝み続けていた。

第三話　懺悔《ざんげ》

一

水無月《みなづき》一日の朝五ツ——夏草が生え放題になっている佐賀町の大川べりの空き地で、褌《ふんどし》をつけただけの裸の男の亡骸《なきがら》が見つかった。年は四十手前といったところだろう。うしろから肝ノ臓を一突きで刺されていて、他に傷口はない。

男の亡骸を見つけたのは佐賀町の唐物屋《からものや》の主《あるじ》で、数年前、息子に店を任せて隠居し、釣りが唯一の楽しみの喜八《きはち》という男だった。この大川べりにくるには、土堤《どて》から下りて腰まで伸びた夏草をかき分けながら二町ほど歩かなければならないが、喜八にいわせると、そのぶん釣り人が少なく、魚がおもしろいように釣れる穴場なのだという。

「ご隠居、昨日もここにきなすったんですかい？」

と、重蔵が訊くと、小雨が降っていたのできていない。一昨日はきたが、なにもなかったという。

「そうですかい。若旦那、なにか訊きたいこと、ありますかい？」

そばにいる千坂京之介に顔を向けて訊いた。

「いや、とくには――」

「じゃ、ご隠居、釣りをしていくなり、お帰りになるなり、お好きになすってください」

亡骸を見つけてしまい、さっきからすっかり顔色をなくしている喜八は、

「帰らせてもらいます……」

と、小さな声でいい、悄然としたうしろ姿を見せながら、その場を去っていった。

喜八を見送った重蔵は、男の亡骸のそばに腰を下ろして丹念に体のあちこちを見回した。

「体のこわばり具合から見て、殺されたのは、昨日か一昨日ってところですね」

「肝ノ臓を一突きで殺すなんて、こういっちゃなんだが、見事な仕業《しわざ》だな」

剣術の腕は一流だが、血を見るのが大の苦手《にがて》という、同心としては困った質《たち》の京之介が、珍しく亡骸のそばに腰を落としていった。それもそのはずで、亡骸やその周辺

にはほとんど血の跡がないのである。

「へえ。肝ノ臓は心ノ臓と違って、深く刺しても血が噴き出ることはないんですよ。体の中に溜まって息絶えるんです。この殺しは、玄人《くろうと》の手によるものと見て間違いないでしょう」

「ふーん」

京之介は、妙に感心している。

「素っ裸になっているのは、どうしてなんですかね。夏だからって、裸でここにきたわけじゃないでしょう」

京之介の横にいる定吉が訊いた。

「ここで殺されて、そのあと身元がわからないように身ぐるみ剝がされて、着物やなんかは大川に捨てられた――そんなところだろう」

「なるほどね。じゃ、そろそろ番屋に運ばせようか」

いつものことではあるが、京之介は、あとは親分に任せたといっているのである。

「仏を運んでくれ」

重蔵は、佐賀町の自身番屋から出向いてきているふたりの番人に声をかけた。

そして、京之介が一番前を歩き、そのあとを定吉が続いた。最後尾の重蔵が、あたりをもう一度見回って歩き出したとき、なにかを踏んだ気がして足元を見た。すると、飴《あめ》色のべっ甲の簪《かんざし》が落ちていた。

（これは——昨日、半次《はんじ》が手にしていたもんと同じだ……）

重蔵の脳裏に昨日目にした光景が蘇《よみがえ》ってきた。

重蔵は昨日の昼下がり、夏風邪を引いたようだといって、町廻りをさぼった京之介の代わりにひとりで番屋廻りをしていた。そして、油堀西横川《あぶらぼりにしよこかわ》沿いの富吉町《とみよしちょう》の表通りに差し掛かり、汗を拭おうと足を止めたときである。通りの一角にある「菊屋《きくや》」という小間物屋《こまものや》の近くで、半次を見かけた。

半次は三年ほど前、坂下町《さかしたちょう》の小間物屋で盗みを働いた現場を重蔵に見られて自身番屋にしょっ引かれ、ちんぴら稼業から足を洗うと誓わせた男である。

重蔵が声をかけようとしたとき、半次は「菊屋」から出てきた、目鼻立ちの整った小娘の襟首《えりくび》をうしろから摑んで近くの路地裏に連れていった。

（半次のやつ、いったい、どうする気だ……）

重蔵は、半次に気づかれないようにあとを尾《つ》けていった。

「な、なにすんのさ」

小娘は半次が襟首から手を離したとたん、振り返って睨みつけた。

が、すぐに小娘は、

「あっ……」

と、小さな声を出した。半次とは顔見知りのようである。

「懐《ふところ》の中の物、出しな」

二十三になる半次は、役者になってもおかしくないほど整った顔立ちをしているが、目つきが鋭く、雪駄《せった》履きに紺《こん》の盲縞《めくらじま》のうすものの胸を開けていて、ひと目でやくざ者と知れる男である。

「………」

小娘は、屈辱に顔を歪めて半次をふたたび睨みつけた。と、すかさず半次の平手が、小娘の頬を打った。

そして、よろけた小娘の腕をすばやく摑むと、有無をいわさず空いている左手を小娘の懐に差し入れて簪を取り出した。

「このすけべっ」

小娘は、怒気を帯びた目で半次をさらに睨みつけた。懐に手を差し込まれたとき、小娘のまだ小さな乳房に、半次の手先が触れたのだろう。

しかし半次は、小娘の気持ちなど意に介していないようで、

「こんな盗みなんかしていると、そのうちお上《かみ》の手にかかっちまうぞ」

と、小娘の懐から取り出した飴色のべっ甲細工の簪を見ながらいった。

そして、小娘に目を移して、

「おめぇ、永代橋の袂《たもと》にある水茶屋で働いてたろ」

と、冷ややかな笑みを浮かべていった。

「ふんっ、人違いだよ」

小娘は食ってかかるようにいった。

すると半次は、

「そうかい。人違いだったかい。ま、それはともかく、まだ乳も膨らんでねぇうちから、盗みなんてしょうもねえことするんじゃねえ。悪いことはいわねえ。もうこんなこたぁやめな。これは、おれがさっきの店に返しておいてやる」

といって、手にしていた簪を懐の中に仕舞い込んだのだった。

そんないっぱしに説教する半次を物陰から見ていた重蔵は、自分のいうことを聞いて、ちんぴら稼業から足を洗ったのだと思い、声をかけずにその場を去ったのである。

（しかし、このべっ甲の簪、昨日、半次があの小娘から奪い取ったものと同じものに見えるが……いや、この世にたったひとつしかない代物だってことはないだろう。この殺しと半次が関わっているかもしれないなんて、思い過ごしだ……）

重蔵は、そう胸の内でつぶやいたものの、半次の風体《ふうてい》はどこから見てもちんぴらにしか見えないものだった。重蔵は、漠然とした不安が胸の奥で広がっていくのを感じていた。

「親分、どうしたんです」

先を歩いている定吉が振り返っていった。

「いや、なんでもない……」

重蔵は素早くべっ甲の簪を懐に仕舞い、定吉と京之介のあとを追った。

二

半次に、べっ甲の簪を奪い取られた翌日の昼過ぎ――。

「おきぬちゃん、遅かったじゃないか」

相川町の裏店《うらだな》におきぬが戻ると、雪駄屋の息子の糸吉《いときち》が心配そうな顔をして、上がり框《かまち》から腰を浮かせた。

「しくじったのかい？」

隣に座っていた新太《しんた》も同時に立ち上がって、おろおろしている。

「あたしが、そんなへまするわけないだろ」

糸吉は十三、新太は十二である。ふたりより年上で十四になるおきぬは、いつも糸吉と新太にぞんざいな口を利く。

「今日いった小間物屋は、やけに客が少なくて危ないから、あきらめたのさ」

昨日、せっかく手にした値の張るべっ甲細工の簪を半次に奪い取られた上に説教までされたおきぬは、すっかり盗みをする気が失せて町をぶらついていただけだった。

しかし、糸吉と新太に弱気になっていることを悟られるわけにもいかず、そう嘯《うそぶ》くしかなかった。

「おれは、これをやってきたぜ」

そんなおきぬの気持ちなど知るはずもない糸吉は、得意顔で差し出した右手の拳《こぶし》を広げ、小さいが見事な漆塗《うるしぬ》りの赤い竹櫛《たけぐし》を見せた。

するとと新太も負けじと、

「おいらは、これをくすねてきた」

といって、懐からへちま水を取り出した。おきぬは、竹櫛とへちま水をちらりと見ながら長火鉢の前にいき、父親の源三《げんぞう》の煙草《たばこ》道具を開けた。そして銀煙管《ぎんぎせる》を取り出すと、煙草を詰め、灰の中に隠れている火種を掘り起こして吸いはじめた。

「おまえたち、どこの店でやってきたんだい」

おきぬは、左足を立て膝にして煙を宙にくゆらせた。着物の割れた裾《すそ》から、おきぬの白くてはち切れんばかりの、血管が数本青く浮き出ている太ももがあらわになっている。

そこへ糸吉と新太の視線が、吸い込まれるように注がれてくるのをおきぬは感じている。

「すぐそこの『玉屋《たまや》』だよ」

新太が、心ここにあらずといった口調でいった。

「馬鹿。近場でやるんじゃないって、いつもいってるだろ。『甚屋《じんや》』の爺《じじい》に迷惑がかかったらどうすんだいっ」

「甚屋」というのは、裏店から出て表通りを左手にいったところにある古手屋《ふるてや》だが、裏では故買《こばい》もやっていて、おきぬはそこの主の甚兵衛《じんべえ》という爺《じい》さんに、盗んできたものを買い取ってもらっているのである。

同じ町内の店で盗んだ物が「甚屋」に並べられ、もしそれを盗まれた店の者が気づいて、主の甚兵衛に問い詰められでもしたら面倒なことになりかねない。

「わかったよ。じゃ、これ、おきぬちゃんが使ってくれていいよ。なあ、新太」

糸吉の声には、明らかに媚びが含まれている。

「あ、うん――」

新太は、おきぬの太ももから目を離さずにいる。

「気づかれなかっただろうね」

おきぬは、糸吉と新太を睨みつけた。

「大丈夫だって。なあ」

「うん。おいらたちも慣れたもんさ」

返事をしたそのときだけ糸吉と新太は顔を見合わせたが、すぐにふたりはおきぬのあらわになっている太ももに目を移した。

「そうかい。じゃあ、もらっておくよ」

おきぬは、糸吉と新太が自分の太ももに視線を注いでいるのに気づかないふりをしながら、腰をひねって太もものさらに上の内股をのぞかせてやった。

ごくり――糸吉と新太の喉が鳴った。

（いっちょまえに色気づきやがって……）

そう胸の内で毒づいたおきぬだったが、悪い気はしない。先だって、半次に小娘扱いされた後だから、なおさらだった。糸吉と新太は、目を泳がせながらも、おきぬの内股に熱い視線を送っている。

（しょうがない。ご褒美だ）

おきぬは深く吸った煙草の煙を吐きながら、何気ない顔を装って内股を少し開き、まだ生え揃っているとはいえない薄い陰毛が覆っている秘部を見せてやった。

糸吉と新太は目を見開いて、顔を突き出して見ている。

おきぬは、冷めた表情で吐いた煙草の煙をぼんやりと見つめていた。

（あたし、いつまでこんなことをしてるんだろ……）

これまでいいことなんてひとつもなかった、とおきぬは思う。そして、これからもいいことなどひとつもないかもしれない。そんなことを思っていると、おきぬの小さな胸の中を虚しい冷たい風が吹きつけてくるのだった。

バシッ！——もう終わり、といわんばかりに、おきぬは股を閉じて、持っていた煙管を長火鉢に当てて煙草をやめた。はっとなって我に返った糸吉と新太は、ばつの悪そうな顔をして、床に目を落としている。

「おまえたち、もう帰《けえ》んな」

おきぬが投げやりな物言いをすると、

「うん。今度は遠くの町にいって、もっといい物を持ってくるよ」

「おいらもさ。じゃ、また明日ね、おきぬちゃん」

糸吉と新太は、そういいながら媚びた笑顔を見せて、おきぬの家から出ていった。

おきぬが、こんなあばずれになったのは、永代橋の袂にある水茶屋「染川《そめかわ》」を辞めたのがきっかけだった。おきぬがその店で茶汲み女として働くことになったのは、二年前に大工をやっている父親の源三が建て替え中の家の屋根から落ち、腰の骨を折る大怪我をして暮らしが立ちゆかなくなったからである。おきぬの母親は、五年前に若い男を作って家を出ていったきり行方知れずになっていたから、おきぬが働いてなんとかしなければならなかったのだ。まだ十二のおきぬが水茶屋で働くと聞いた長屋の者たちは、早すぎはしないかと心配してくれたが、日々の暮らしと治療代を考えると他に手立てがなかった。

ところが、いざ働いてみると、水が合うのか、おきぬは茶汲み女の仕事にすぐに慣れて、一年もすると酒を飲む客の相手も楽しくさえなってきた。そんなおきぬをかわいがってくれたのが、半次を間夫《まぶ》に持つ、五つ上のおこんだった。

おこんは、おきぬに化粧の仕方を教えてくれたり、酒癖の悪い客に絡まれたりすると啖呵《たんか》を切って、おきぬを守ってくれたりもした。おこんにいわせると、病《やまい》で死んだ自分の妹におきぬが似ているのだという。

そして、おきぬが働くようになって二年目、いよいよ仕事が楽しくなりはじめたころである。容態がよくなった源三は、仕事をしないでいるうちに、働く気が失せてしまったようで、おきぬの働く「染川」にきては借金をするようになってしまい、店の主が音《ね》を上げて、おきぬは暇を出されてしまったのである。

働くのをやめて長屋にいるようになると、おきぬの幼馴染みのほとんどは奉公に出ていなくなっていた。遊び相手といえば、雪駄屋の糸吉や奉公先でしくじって戻ってきたぼんやりの新太など年下の男の子ばかりだった。おきぬは、間もなく別の茶屋で働きはじめたのだが、またそこに源三がこっそり顔を出し、前借りと称して雇い先から金を勝手にもらってしまうために、おきぬはただ働き同然だった。むろん、おきぬは、父親の源三に激しく文句をいった。

すると、源三は、

『あんな女の腹から出てきやがった、てめえのようなガキが一丁前の口利きやがってっ。これまでだれのおかげで、おまんま食えてきたと思ってやがるっ』

と、おきぬが気絶するまで殴る蹴るの暴行を振るった。

おきぬだって、若い男を作って自分を捨てて家を出ていった母親のことを、これまでどれだけ恨んだかしれない。そして、暇さえあれば酒を飲み、博打《ばくち》にまで手を出すようになって、機嫌が悪いと暴力を振るう父親を何度殺してやろうと思ったことだろう。

実際に、酒の臭いをぷんぷんさせて鼾《いびき》をかいて眠っている源三の胸に、出刃包丁を刺そうとしたことも一度や二度ではない。だが、すんでのところでおきぬは、それができなかった。情けなどではなく、ただ血を浴びる自分の姿を想像すると怖くなっただけである。

かといって、この家を出ていっても、おきぬにはいくところがなかった。そこでおきぬは、真っ当に働くのはやめ、店で売っている物を盗んで故買屋に買い取ってもらうことを覚えたのである。そうして得た金で寄ってくる同じ長屋に住む年下の男の子たちに駄菓子を買ってやったり、見世物小屋に連れていくようになった。男の子たちからすれば、水茶屋で働いているうちにすっかり大人びたおきぬは憧れであり、そのうえおごってくれるので畏敬の対象となるのは当然といえば当然だった。そのうち、どうやっておきぬが金を得ているのかを知ると、男の子たちはおきぬに気に入られようと競って物を盗むようになった。

それをおきぬが、裏で故買をしている古手屋の「甚屋」の甚兵衛爺さんに買い取ってもらい、物を盗んできた男の子たちに分け前を与えるようになった。おきぬは、今やさしずめ男の子たちの女親分といったところである。

これまではそうすることで、日ごろから溜まっている鬱憤を晴らすことができていたような気がする。しかし、今のこの埋めようもない寒々しい虚しさは、いったいどこからくるのだろう。

（あの男のいうとおりになっちまう……）

おきぬの頭の中に、半次の顔が浮かんでいた。こんなことを繰り返していれば、いつかお上の手にかかってしまうだろう。だが、ではいったいどうすればいいというのか……。半分大人で半分子供の十四のおきぬには、それ以上考えが及ばない。

自棄《やけ》になったおきぬは、ふらりと立ち上がって台所にいき、一升徳利を持ってきて茶碗に酒を注いだ。そして、壁に背をもたれてその酒を半分ほど一気にあおった。

うまい、などとは思えなかった。苦《にが》い水を飲んでいるだけのような気がした。

（こんなまずいものばかり飲んでるおとっつぁんは、やっぱり頭がおかしいんだ……）

家の外では、井戸端でおしゃべりに花を咲かせている長屋のおかみさんたちが、陽気で賑やかな笑い声を上げている。そんな楽しそうな大人の女たちの声がそうさせるのか、おきぬの胸に強い苛立《いらだ》ちと深い孤独が募ってきて、やりきれない気分に襲われてきた。

するとと、昨日半次に会ったからだろうか、自分をかわいがってくれたおこんに無性に会いたくなってきた。半次に、水茶屋で働いていただろうといい当てられたとき、おきぬは人違いだとしらを切ったが、信じたかどうかわからない。おきぬが嘘をついていると半次が見抜き、まだおこんの間夫でいるのなら、おきぬが盗みをしていたことをおこんは知るだろう。

（よりによって、なんであの男に見つかっちまったんだ、ちくしょうっ……）

おきぬは不運を呪った。が、すぐに、いや、もしかするともうふたりの関係は切れているかもしれないとも思ってみたが、おこんに会って確かめる度胸は湧いてこなかった。

これまでなにひとついいことなどなかったと思うおきぬだが、「染川」で働いていたときだけは楽しかった。それもこれも、自分をかわいがってくれたおこんがいたからである。

おきぬは「染川」を辞めてからも二度、おこんの長屋を訪ねた。そのときも、おこんはずいぶんやさしくしてくれ、親身になって心配してくれたものだ。そんなおこんにだけは嫌われたくないと、おきぬは強く思う。

(ちくしょう……)

ふたたび、半次に盗みをしたところを見つかった不運を呪いながら、おきぬは茶碗に残っている酒を飲み干した。

そして壁に背をもたれたまま、しばらくぼんやりしていると、やがてふわっとした気分に包まれてきて、おきぬはそのままごろんと横になった。

「おこん姉さん、会いたいよぉ……」

そう小さくつぶやいたとたん、目から涙が溢れ出てきて、おきぬは嗚咽を漏らしはじめた。

三

おきぬが泣いているころ、おこんは半次に抱かれていた。仙台堀沿いの佐賀町と今《いま》川町《がわちょう》の境の路地を、一町ほどいって右に曲がった先の裏店に半次は住んでいる。

夏の昼日中だというのに戸口に心張棒をして、閉めきっている半次の家の中は、暑気と熱い息遣いで空気が淀んでいる。

長屋の前の路地を子供たちが走り回って騒ぐ声が聞こえる中、汗ばんだ裸の半次の下で豊かな肉体を晒しているおこんは手拭いを口に咥《くわ》え、泣いているように顔を歪ませながら悦楽の声を押し殺している。

やがて、半次の腰の動きと息遣いが次第に激しくなってきた。おこんは、真っ白でたわわな乳房を揺らしながら、くぐもった声を上げ、目をつむったままの顔を左右に振っている。

「おこんっ……」

半次が、もうがまんできぬとばかりに呻《うめ》く。それに呼応するかのように、おこんは半次の背中に両手を回し、抱きつくように背中を浮かせた。そして、半次が「うっ」と小さく呻いたと同時に、おこんはつむっていた目をぱっちりと開け、形のいい乳房をつんとそり返すようにして夜具の上にぐったりと倒れた。

しばしの間、けだるい疲れと甘美な余韻を楽しんでいた半次は、近くに脱ぎ捨てていたうすものを着て立ち上がり、表戸を開け放つと、すでに着物を身に纏《まと》っているおこんに飴色のべっ甲細工の簪を差し出した。

「これ、おめえにやるよ」

締めた帯に乱れがないか確かめていたおこんは、その簪を手に取ると、

「上物じゃないの。いったいどうしたの」

と、怪訝な顔を向けた。

「ひと仕事片をつけてな。親分が奮発してくれた金で、おめえのために買ったのよ」

「嘘おっしゃい。あんたは嘘をつくとき小鼻を膨らます癖があるから、すぐわかるんだから――」

微笑したおこんだったが、すぐにはっとした顔になって、

「まさか、あんた……」

半次の顔を見つめた。

「ガキじゃあるまいし、盗んだもんじゃねえよ」

おこんの言葉に、かぶせるように半次がいった。

「だったら、これ、いったいどうしたのさ」

おこんが険しい顔つきで問い詰めると、半次は観念したように、ふっと短く息を漏らした。

「『染川』で、おめえと一緒に働いてた小娘いたろ。ほら、やけにおめえを慕ってた」

おこんは、少し考えるような顔をすると、

「おきぬが、どうしたっていうのさ」

と、眉間に皺を寄せて訊いた。

「昨日、富吉町の小間物屋で、そのおきぬってガキがかすめ取ったのを見てな。ひっぱたいて説教してやったのさ」

「なんですって？」

「ありゃ、相当手慣れてるぜ」

「あの子、どうしているかと思ってたら、そんなことを……」

おこんは、「染川」を辞めてから、おきぬが自分の住む長屋に二度訪ねてきたときのことを思い出した。

一度目は父親が、また勤め先から給金の前借りをしにきて困っているといってきた。

二度目のときは、顔をひどく腫らして泣きながらやってきた。給金の前借りのことでまた暇を出され、父親に文句をいったら、殺されるのではないかと思うほど殴られたのだといった。だが、おこんには、どうしてやることもできなかった。話を聞いてやり、もし今度そんな目にあったら、自分のところに逃げてきていいといってやるのが精いっぱいだった。

そのころ、おこんは、佐賀町の裏店で中風で寝込んでいる父親と母親の三人で暮らしていた。水茶屋の「染川」で働くようになったのも、おきぬと同じ年の十二のときで、五つ下の妹が脇腹に大きな腫れものができる病にかかり、その治療代を稼ぐためだった。

しかし、治療の甲斐もなく、おこんの妹は、まだ六つでこの世を去った。「染川」に働きにきたおきぬを初めて見たとき、おこんは亡くなった妹とそっくりな顔をしているおきぬを見て驚いた。そして、おきぬの抱えている事情を知ったおこんは、できる限りかわいがった。だが、おきぬがおこんのもとを訪ねてきたのはその二度だけだった。その後、両親が質《たち》の悪い風邪をこじらせて相次いで死に、暮らしに少し余裕ができたおこんは、おきぬがどうしているのか気になって長屋を訪ねたのだが、おきぬと父親は夜逃げするように家を引き払い、行方を知っている長屋の者はだれひとりいなかったのである。

「ひどい父親を持ったおかげで、かわいそうな目にあっている子なんだよ……」

「ふん、あのあばずれ、まるでおれみてぇだな――」

おこんから、おきぬの事情を聞いた半次は、顔を歪めていった。

「おれみたいって、どういうことさ」

「おれのおふくろも、おれが五つだったか六つだったかのときに、若い男をつくって出奔してな。親父は、それ以来、酒に溺れるようになって、おれの奉公先から借金ばかりしやがった。挙句、おれも暇を出された。そのおきぬとまったく一緒よ。どこへ奉公先を替えても親父は、店の主に金を無心してな。おれは働くのが嫌になって、親父を殺してやろうと思ったもんさ。そう思い詰めたとき、運良くぽっくり親父が死んじまったからよかったもんの、あのおきぬっていうあばずれも、あんなことばかりやってると、いずれ落ちるところまで落ちちまうぜ」

おこんは、半次の生い立ちをはじめて聞いた。おこんは、半次が悪い仲間と「染川」にたむろするようになって知り合ったのだが、互いにひと目で惹かれたのである。店の主や朋輩《ほうばい》たちからは、あんなちんぴらと付き合うのはよしたほうがいいといわれたが、おこんの半次に対する想いは揺るがなかった。根は決して悪い男ではないと、おこんは嗅覚のようなもので嗅ぎ取っていたような気がする。今の話を聞いて、やっぱり、とおこんは思った。

「あの子、富吉町のどこかの長屋にいるのかしら」

「おそらくそうじゃあるめぇ」

「どうしてさ。あんた、富吉町でおきぬちゃんを見たっていったじゃないの」

「盗みってのは、足がつかねえように遠くの町へ出かけていってやるもんさ。探そうなんて、やめときな」

「だって、そんなことをするような子じゃなかったんだよ。放っといたら、あんたのいうように、手のつけられないあばずれになってしまうじゃないの」

「探し出された揚句に慕っていたおめえに説教されちゃ、あのあばずれは立つ瀬がねえよ。だいたい、なにも好き好んで盗みをやってるわけじゃあるめぇ。おれがそうだったから、よくわかる」

「じゃあ、どうすれば……」

「向こうからやってくるまで放っとくことだな」

「そんなことといったって、そのうち店の人に見つかって、お上に突き出されてしまったらどうするのさ」

「心配いらねぇよ。こんなもんかすめ取られたくれぇで、店の者がいちいちお上に突き出しちゃ、却《かえ》って金がかかるってもんだ。見つかったところで、殴られてしまいだよ」

物を売る店がなにかかすめ取られても、よほど高価なものか大事なものでなければ、お上に訴え出たりしないことを半次は知っている。訴え出れば、町役人《ちょうやくにん》の家主五人組に同行してもらい、町奉行所のお白洲に出なければならず、丸一日潰れてしまって商売にならない。そのうえ、ご迷惑をおかけしたということで、家主五人組を帰りにご馳走し、それぞれにいくらか金を包まなければならず、盗まれて損をした金額より高くついてしまうことが多いからである。

半次も若いときは、おきぬのように悪い仲間と店のものを盗んで、それを故買屋に買い取ってもらい、その金で遊んだものだった。そんな半次も三年前、一度だけ深川一帯を取り仕切っている岡っ引きの親分に捕まったことがある。重蔵という名だった。捕まって自身番に連れていかれた半次は、重蔵に足腰が立たぬほど殴られた。たいがいの岡っ引きは、そうやって他にも盗んだ店の名を吐かせ、それらの店へ連れていこうとする。町奉行所にいくのは困る店の主に、なかったことにしてくれと頼み込ませ、袖の下をもらうためである。だが、重蔵は、そうはしなかった。それどころか、盗みは極道の道へ走るとば口だから二度とするんじゃない。困ったことがあったら、いつでも相談に乗るといってくれたのである。

しかし、そんな目にあっても盗みをやめなかった半次は、重蔵のいったとおり、極道者の使いっ走りになってしまった。今もたまに重蔵の姿を見かけることがあるのだが、そんなとき半次は思わず物陰に身を隠す。怖いからではない。ただ、合わせる顔がないという思いからである。今度、重蔵と面と向かい、口を利くことがあるとしたら、そのときは自分が命を落とすときかもしれない、と半次はふと思ったりもする。

「こんなもん、いらない」

おこんは、悲しそうなまなざしを向けて、簪を床に放った。

「おい、どうしたんでぇ」

「おきぬがかすめ取ったもんを、あんたが取り上げて、このあたしに身につけろなんておかしいじゃないかっ」

「いらねえなら、故買屋にでも売っ払うぜ」

半次は、簪を手に取った。

すると、おこんは、その半次の手を取って、

「ねえ、あんた、もう悪いことから足を洗って、まともな暮らしをしようよ」

と、すがるような目をしていった。

「うるせぇっ」

半次は、おこんの手を邪険に振り払った。

「あんた……」

「おめえ、まさか、このおれと所帯を持ちてぇなどと、考えてるわけじゃねぇだろう

な」

「いけないのかい」

　おこんの目は潤んでいる。

「馬鹿野郎。じゃあ、訊くが、まともな暮らしってのは、いってぇどんな暮らしだっ。人に媚びへつらって、米つきバッタみてぇに頭を下げまくってよ。額《ひたい》に汗して、わずかばかり金をもらう貧乏な暮らしが、まともな暮らしかよっ」

　父親のせいでいく先々の奉公先から暇を出されるようなことがなかったら、半次もそんな風に思うようにならなかったかもしれない。しかし、悪い仲間と知り合い、簡単に金を手に入れることを覚えてしまった今の半次には、おこんのいうところの〝まともな暮らし〟など、馬鹿のすることにしか思えなくなっているのだった。

「あんたには、そんな暮らしさせないから……」

「ほお、おめえがおれにどんな暮らしをさせてくれるっていうんだ。おれにわからねえように、客に体を売って贅沢させてくれるのかい。おい、おこん、そのどこが、まともな暮らしだよっ」

　惚れた弱みである。おこんは、本気でそこまでしてもいいとさえ考えている。だが、そんなことをすれば、半次はさらに駄目な男に成り下がるだろう。では、いったいどうすればいいというのか。その答えは、おこんにも半次にも思いつかない。かといって、別れてしまおうという気持ちにもなれないでいるふたりだった。

「そろそろ店にいく時刻だから……」

おこんは、袖でそっと目を拭うと、力なく土間に下りて、半次の家を出ていった。

(おれだって、こんな暮らしがいいなんて思っちゃいねえさ。だが、どうすりゃいいっていうんだ。どうすりゃ……)

半次が仰向けになって天井を睨んでいると、

「おう、いるか」

聞きなれた、妙に甲高《かんだか》い男の声がした。

(兄貴……)

半次は、からくり人形のように身を起こした。

「へい」

開けっ放しにしている戸から、小柄で頬がこけ、表情の乏しいのっぺりとした顔で、右の目が外側を向いている眇《すがめ》の六蔵《ろくぞう》が入ってきた。

「今しがた、ここから出ていった女。ありゃあ、おめえの情婦《いろ》か?」

六蔵は、二十三の半次より六つ年上のひとり者である。

「そんなんじゃありませんよ。あれは、おこんといって、おれの従兄妹《いとこ》です」

とっさに半次は嘘をついた。

「いい女だな。ありゃ情がありそうだ。体もいい」

六蔵の舌舐めずりするようなその物言いに、半次は不気味さを感じた。およそ女には縁のなさそうな貧相な顔のうえに眇の六蔵だが、岡場所で遊んだ話をするときが時々あって、女の体を異常な責め方をするのを得意げに語ることがある。

「知ってるか。女が昇りつめるとき、首を絞めてやるといいぜ。そうすると、あそこがよく締まるんだ。だがよ、気ぃつけねえと、そのまんまあの世にいくこともある。おれも何度か女をあやうく死なせるとこだったことがあるんだ」

そう六蔵がうれしそうにいったとき、半次は六蔵の中に潜む得体の知れないどす黒いものを感じて恐怖を覚えたものだ。事実、六蔵は刃物を手にすると、まるで己の手のように操り、相手をいたぶるように、これでもかというほど切り刻むのである。

「さ、いくぞ」

半次は、六蔵と出かけなければならないことをすっかり忘れていた。

「へい」

半次は慌てて立ち上がって、土間に下りた。

四

半次と六蔵は、万年町一丁目にある老舗《しにせ》の紙問屋「伊瀬屋《いせや》」に向かった。そして、若旦那の千太郎《せんたろう》を呼び出して、加賀町《かがちょう》に住む親分の藤兵衛《とうべえ》のもとに連れていった。

「若旦那、今日までの貸しが、ちょうど三百両ですよ。これにひと月分の利子、三十両一分がついて、三百と三十両一分ですが、まあ切りのいいところで三百三十両にしときましょう」

藤兵衛は、向かいに座っている千太郎に帳面を見せた。千太郎の少しうしろで、六蔵と半次が付添い人のように座っている。

「ひ、ひと月で三十両一分の利子だなんて、べらぼうだ……」

二十五になる千太郎は、顔を真っ青にして声を震わせた。

「ご冗談でしょう。三十両一分は相場です。ま、博打で貸した三百両は証文もあることだし、おいおい返してもらうとして、三十両の利子のほうだけでも返してもらえませんかねえ」

でっぷりと太っている四十の藤兵衛は、あばたたらけの脂《あぶら》ぎった顔に狡猾な笑みを浮かべていった。藤兵衛は、夜になるとこの住まいのしもた屋で賭場《とば》を開く胴元で、一晩何百両という莫大な金を動かしている。

「あたしには、そんな金はないよっ」

いかにも苦労知らずと顔に書いてあるような、色白で瓜実顔《うりざね》の千太郎が精いっぱい粋《いき》がっていった。

「またまたご冗談を――老舗の紙問屋、『伊瀬屋』さんの跡取りの千太郎さんが、三十両や四十両の金がないだなんて、だれが信じますか」

藤兵衛が、おっとりした口調でいうと、

「だからいったじゃないか。あたしがここにきていることは、もう親父《おやじ》に感づかれているんだ。店の金を持ち出すなんてことしたら、あたしは、勘当されてしまうよ」

千太郎はいきり立った。

「それは困りましたな。では、こうしませんか。千太郎さんの妹さんを差し出してもらうっていうのはどうでしょう」

「なにをいってるんだい？」

千太郎は、ぽかんとした顔をしている。

「わからねぇお人だなあ、この若旦那は――だからね、利子の三十両を千太郎さんの妹さんの体で払ってもらいましょうといってるんですよ」

藤兵衛は独り身で、金と女にしか興味がない男である。しかも、吉原や岡場所といったところの商売女は好きではなく、いいとこ出の素人《しろうと》の女を無理矢理手に入れることに血道を上げる冷酷な色魔なのだ。半次は、これまでも何度も似たような場面を見てきている。

「そ、そんなことできるわけがないじゃないかっ」

千太郎は引きつった顔をして立ち上がって叫び、藤兵衛を睨みつけた。

すると、背後に座っていた六蔵がすっと立ち上がり、千太郎に近づいて懐から匕首《あいくち》を見せ、

「殺すぜ」

と、囁くようにいった。

「ひっ……」

千太郎は、びくっと肩を震わせた。

「おいおい、そんな物騒なことをいうもんじゃない」

藤兵衛は笑顔を崩さずにいったが、その目は笑っていない。

「まあ、お座《すわ》んなさい。若旦那――」

しかし、聞こえているのかいないのか、千太郎は棒立ちのままである。

するとと藤兵衛の顔から笑みがさっと消え、

「聞こえねえのかよっ、この野郎っ」

と、さっきまでとはまるで別人のような、ドスの利いた声で一喝した。驚いた千太郎は、腰が抜けたように、すとんと畳に腰を落とした。

「おい、千太郎、じゃあ、どうするんだよぉ。それともなにか？　そこのふたりを、てめえの親父がいる『伊瀬屋』に出張らせて、騒ぎを起こさせようか。どうなんだよっ」

笑みを浮かべて話した後、突然、激しい恫喝を浴びせるのは、藤兵衛が引導を渡すときに使う手口である。

「そんな……」

千太郎は、体じゅうから力が抜けたようになって、がっくりと肩と首を落とした。

「お澄《すみ》が、かわいそうだ……」

蚊《か》の鳴くような声で千太郎がいうと、藤兵衛は、

「あたしだって、そんな罪なことはしたくはないんですよ、若旦那。しかし、他になにか手立てがありますか。あったら教えて欲しいもんだ」

と、またやけに優しい声を出していった。千太郎は、もはや蜘蛛《くも》の巣にかかった蛾《が》

のようなものである。もがこうとすればするほど、藤兵衛の張り巡らされた糸に搦めとられ、どうにも動きようがなくなって、食われて死ぬのを待つしかない状態に陥っている。

重苦しい沈黙がしばし続き、さっきまで、絶え間なく聞こえていた蟬《せみ》の鳴き声が、ぴたりと止んだ。部屋じゅうが、不気味な静寂に包まれた。

「わかったよ……」

千太郎が、弱々しいかすれた声を出した。半次からは千太郎の顔は見えないが、肩が小刻みに震えている。血の気が失せた顔で、泣いているのだろう。

(それにしても、なんてぇ野郎だっ。てめえが勘当されたくないばかりに、仮にも血を分けた妹を博打のカタに差し出すとは、どういう了見してやがるんだっ……)

半次は、藤兵衛の術中に完全にはめられた目の前の千太郎に腹立ちを覚える一方で、ざまぁみやがれという胸がすく思いにもなっていた。千太郎も妹のお澄とやらも、ただ「伊瀬屋」という金持ちの紙問屋の家に生まれ落ちたというだけで、これまでなんの苦労もせずに贅沢な暮らしをしてきたのだ。

それに比べて、自分やおこんはどうだ。小さいころから貧乏で、親や兄弟のせいで間尺《ましやく》に合わないことばかりさせられて、貧しい暮らしから一生抜け出すことはできないのだ。

　千太郎は博打のカタに妹を差し出したという罪を一生背負い、妹のお澄は藤兵衛にさんざん弄《もてあそ》ばれた後、京か大坂あたりの女郎屋に売り飛ばされて、死ぬまで苦界《くがい》から抜け出すことができなくなるだろう。老舗といわれる紙問屋の「伊瀬屋」とて、こんな馬鹿息子の千太郎が跡を継げば早晩立ちゆかなくなるに違いない。そうなってこそようやく世の中の帳尻が合うというものだ――そう考えることで、半次はなんとか正気を保とうとしているのだった。

「話は決まった。おい、この若旦那を送ってさしあげろ。大川に身投げでもされたら元も子もないからな」

　藤兵衛は満足そうに、にんまりと笑みを見せていった。

五

　それから二日後の水無月九日、半次は朝からおこんを呼び出し、狂ったように抱いていた。

「あんた……いったい、どうしたの……」

果てても果てても、おこんの体を求めてくる半次は明らかに異常だった。今も半次は、おこんの形のいい乳房を鷲《わし》摑みにして、指の跡が残るほど激しく揉みしだいている。半次は気持ちいいも悪いもなかった。ただ、己が犯した罪から逃れようとするかのように肉欲を貪《むさぼ》っているのだった。

「うるせぇ、どうもしやしねえよっ」

いつも半次に抱かれているときは、目をつむっているおこんが、今は怖いものでも見ているように目を見開いている。

「ねえ、痛いよ……」

「うるせぇっていってんだろうが……」

半次の目の下にクマができている。昨夜から朝にかけて、一睡もしていないのだ。

「わかったから……もう少しやさしくして……お願い……」

おこんに懇願されて、ようやく正気を取り戻した半次は乳房を揉むのをやめ、乳首を口に含んで舌で舐め回しているうちに、おこんの秘部は少しずつ潤みはじめ、生温かい熱を持ちはじめた。そして半次は、昨日の出来事を忘れようとして一心不乱に、いきり立っている肉棒でおこんの秘部を突くのだが、そうすればするほど昨日の光景が鮮明に脳裏に浮かんでくるのだった。

昨日の八日の夕方、「伊瀬屋」の千太郎は、指定された熊井町《くまいちょう》の人けのない大川べりの土堤に妹のお澄を伴って現れた。白地に朝顔の模様をあしらった浴衣《ゆかた》を着ているお澄は、千太郎に寄り添って笑顔を浮かべていた。

千太郎がお澄をどういいくるめたのかはわからない。おそらく川べりで涼もうとでもいって連れ出したのだろう。お澄は十九で、丸顔に愛嬌のあるぱっちりとした目をしており、中肉中背の体にまだ固さのある、いかにも生娘《きむすめ》のお嬢といった感じの女だった。

そして、土堤の上から河岸に下りてきてしばらく歩いていると、お澄の足取りがよろよろしだして、やがて歩けなくなり、千太郎の袖につかまるようにしてその場に崩れ落ちた。

藤兵衛が千太郎に渡した眠り薬を、ここにくる前に水茶屋で飲んだ茶の中に入れたのがようやく効いたのである。そこへ草むらから、半次と六蔵が姿を見せた。それまで夢遊病者のように無表情だった千太郎は二人を見ると、一瞬にして般若《はんにゃ》のように顔を醜く歪ませて、「うわぁぁっ」という奇声を上げて立ち去っていった。

「こいつぁ、上玉だぜ……」

地面にぐったりと眠っているお澄を、六蔵は舌舐めずりしながら見ていった。

「おい、運ぶぞ――」

「へい」

六蔵と半次は、藤兵衛が待っている川沿いの朽ちかけた小屋にお澄を運んでいった。

そこは釣り人などが雨宿りに使う小屋だが、時折、藤兵衛がこうして餌食となった女を連れ込むのに使う場所でもあった。日照り続きで枯れている夏草が人の腰ほどもある背丈になっていて、小屋を取り囲むように生い茂っている。あたりには人っ子一人見当たらず、この世から音が消えてしまったように静まり返っている。

「ご苦労――」

三畳ほどの広さの小屋の床に眠っているお澄を置くと、藤兵衛は満足そうに頷き、半次と六蔵に「出ていけ」とばかりに顎をしゃくって合図した。

外に出た半次と六蔵は、小屋の両側に立って人がこないかどうか見張り役を務め、土堤のほうに目を向けた。

小屋の中から衣擦《きぬず》れの音がかすかに聞こえてきた。藤兵衛が淫靡な目つきをしながら、眠っているお澄の帯を解いているのだろう。一刻ほどすれば、小屋の前の川岸に小船がやってくる手筈になっている。その船にお澄を乗せてしまえば、半次の仕事は終わる。眠り薬が切れて目を覚ましたとき、お澄はすでに小船からさらに大きな船に移されていて、猿ぐつわを嚙まされ、両手両足を縄で縛られて暗い船底にいることになるのだ。

（馬鹿な兄貴を持ったことを呪うことさ……）

　そう胸の内で何度いい聞かせてみても、半次はなんともやりきれない陰鬱な気分を消すことができなかった。ちらりと六蔵に目を向けると、六蔵はしゃがみ込んで板が欠けたところから小屋の中を覗き込んでいた。人形のように動かなくなっているお澄の体を貪っている藤兵衛もそうだが、その様子を見て喜んでいる六蔵の神経が半次には理解できない。

（外道《げどう》がっ……）

　そう毒づいてみたところで、自分はその外道の使いっ走りに過ぎず、そこから抜け出すこともできないでいるのだ。半次は苛立たしさが募ってきて、大声を出して叫びたい衝動に駆られていた。

　半刻ほどすると、ようやく藤兵衛が小屋から出てきた。汗ばんでいるその顔から、お澄のまだ男を知らない若い体を堪能した喜びが見てとれた。

「まだ船がくるまで半刻ほどある。おめえたちも楽しんでいいぜ。ありゃ高く売れる。

六蔵は目に好色な光を浮かべてうれしそうにいうと、喉の奥で下卑《げび》た笑い声を立てた。

「半次、親分のおすそ分け、おれはいただくぜ」

藤兵衛はそういうと、何事もなかったかのような顔をして土堤を上がっていった。

あとはよろしくな」


「…………」

六蔵は、半次がお澄を抱く気などないことを知っている。これまでも、いくら勧められても決してしなかったからである。それがせめてもの半次の矜持《きょうじ》だった。

六蔵は小屋の中に入っていった。藤兵衛が弄《もてあそ》ぶだけ弄び、死んだようになっているお澄の体と交わろうとする六蔵の気がしれないどころか、半次は虫唾《むしず》が走る思いがする。半次はじっとしていても汗ばんでくる暑気の中で、寒々しい思いをしながら一刻も早く船がきて仕事が終わることを願いながら、立ちつくしていた。

薄闇があたりに漂ってきた。焦《じ》れた半次が大川の上流に目を向けると、小船が遠くからやってくるのが見えた。

「兄貴、船がきましたぜ」

ほっとした半次が、小屋の中にいる六蔵に向かっていった。

「ちっ、わかったよ……入って、手伝え」

半次は仕方なく小屋に入った。うすものを直している六蔵の傍《かたわ》らに帯を解かれ、浴衣の袖に手だけ通した格好で、真っ白な裸体をさらして眠っている無残な姿のお澄がいた。半次は目を背《そむ》けながら、お澄の浴衣の前を合わせて、体をごろんとうつぶせにさせて帯を締めてやった。

「いくらべっぴんでも、うんともすんともいわねぇ、死んでるような女を抱いてもいいもんじゃねえな」

六蔵は毎度同じようなことをいう。だったらしなきゃいいだろうと思いながら、半次は口に出せずにいる自分がいよいよ情けなくなってくる。

やがて小船が小屋の前に着くと、半次と六蔵はお澄の肩と足をふた手に分かれて持って船底に置いた。

「じゃ、頼むぜ」

六蔵が見知った顔の五十がらみの船頭にそういうと、半次とともに藤兵衛のいる加賀町のしもた屋に戻っていった。

そして、賭場が開かれて二刻ほどしたころである。藤兵衛の手下のひとりが、血相を変えて走り込んできた。賭場の部屋の前で見張りをしていた半次がどうしたんだと訊くと、「伊瀬屋」の千太郎が家の庭に植わっている松の木で首をくくって死んだといったのである。

驚いた半次は、奥の部屋にいる藤兵衛のもとにいって、事の次第を伝えた。

が、藤兵衛は顔色ひとつ変えることなく、

「そうか。もう百両ばかり肥えさせようと思っていたんだが、もたなかったか」

と、あっさりといった。死んだものはしょうがない。あとは証文を持って、「伊瀬屋」に乗り込んで、千太郎に貸した三百両を回収するだけだと藤兵衛は考えているのだろう。そんな藤兵衛に、半次は戦慄した。血も涙もないとは、まさしく藤兵衛のような男のことをいうのだろうと今更ながら、その冷酷さに血の気の失せる思いがしたのだった。

半次は、夢から覚めたようにはっと我に返った。おこんの中に入っている肉棒が、痛みを覚えるほどに激しく締め付けられていたのである。下になっているおこんの顔を見ると、半次の両手がおこんの首を絞めていた。おこんは、顔を紫色に染めて口を空けたまま、ぐったりしている。半次は慄然となった。知らぬ間に、あの六蔵が体を売る女たちにしたことと同じことをしていたのである。

「おいっ、おこんっ、しっかりしろっ、おこんっ……」

半次は、青ざめた顔でおこんの顔に平手を打った。が、おこんは、ぴくりともしない。

「おこんっ、息をしろっ、おこんっ」

半次は必死になって、幾度もおこんの顔にびんたを食らわせた。

しばらくそうしていると、ひゅ〜っという奇妙な息を吸う音が聞こえ、おこんは目を開けた。そして、激しく咳《せ》き込みはじめた。

「おこん、すまねえっ……すまねえことをした。許してくれっ……」

咳き込みながら、半次を恐ろしい獣でも見ているような顔をしている裸のおこんに、半次はすがるように抱きついて謝《あやま》り続けた。

六

その日、おきぬは、不安に慄《おのの》きながら、ひとり家の隅でつくねんと両手で膝を抱えてじっとしていた。今日は朝から真夏の太陽が照りつけ、戸口に心張棒をして閉め切っている家の中は、じっとしているだけでも汗が噴き出すほど暑くなっている。

しかし、おきぬは噴き出る汗を拭うどころか、この暑さだというのに寒そうにわなわなと体を震わせている。

今朝、雪駄屋の息子の糸吉が、富吉町の小間物屋「菊屋」で物を盗んだところを店の者に見つかってしまい、自身番屋に突き出されてしまったと一緒にいった新太が知らせにきたのだ。糸吉と新太に安物ではなく高価な物をたくさん盗んでこい、そうすればふたりに見たいだけ自分のあそこを見せてやると、おきぬが唆《そそのか》したのである。

それというのも、おきぬの父親の源三が家に帰ってこなくなって今日で十日近くになり、一文の金もなくなったからだった。

源三が家に帰ってこなかったことはこれまでもたびたびあったが、こんなにも長い間帰ってこないというのは初めてのことである。一日目はむしろほっとし、二日目になるとこのまま帰ってこなければどんなにいいかと思ったおきぬだったが、さすがに十日が過ぎると心配になった。

その間、おきぬは以前、仕事をしていた大工の棟梁の家を訪ねてみたが、源三は渡りの大工で、ここしばらく顔を見せていないということだった。よくいく飲み屋にもいってみたが、返答は同じだった。

おきぬは、糸吉が口を割って自分のところにもお上の者がきたらどうしようという不安と、源三になにかあったのではないかという漠然とした心配で胸が押し潰されそうになっているのだった。

　すると、戸をどんどんどんと叩く音とともに、

「いることはわかってるんだ。開けてくれ」

　と、よく通る男の声がした。

　おきぬは、びくっとして顔を上げ、腰高障子を見た。大きな男の影が映っている。

「おれは、深川の重蔵ってもんだ。手荒なことはしたくない。早く、戸を開けてくれ」

　重蔵は、朝の町廻りで富吉町の自身番屋に、変わったことはないかと声をかけたところ、糸吉という子供が小間物屋の「菊屋」で盗みを働き、店の者に見つかって突き出されてきたところだと聞いた。そこで重蔵が糸吉に、どうして盗みなんかしたのかと厳しい口調で問い質すと、相川町の裏店に住むおきぬに命じられたのだと素直に白状したのである。そしてさらに、糸吉は驚くことをいった。自身番屋に貼ってあった、佐賀町の大川べりの空き地で殺された男の人相書きを見て、おきぬの父親の源三だといったのである。

「おきぬ、いるんだろ。糸吉が、すべて吐いた。逃げ隠れしようとしたって無駄だ

ぞ」

重蔵の言葉に、おきぬは腰を抜かさんばかりに驚き、観念した。

(やっぱり、そうだったか……)

重蔵のことは、まだ十四のおきぬでさえ知っている。いや、大方の十四の小娘は重蔵のことを知らないかもしれない。たとえ知っていたとしても、たいていの同い年の者は怖がる必要はないはずである。なにしろ、重蔵は年寄りや弱い者には優しいと聞いている。だが、悪いことをしたとなると、大人であろうと子供であろうと、とことん追い詰めて捕まえてしまうことで知られているのである。

「わ、わかりました。今、開けます」

すっかり観念したおきぬは、戸口にいって心張棒を取り、戸を開けた。

重蔵が、狭いおきぬの家にぬっと入ってきた。六尺もあるがっしりした体軀の重蔵が、目の前に立っただけで威圧感があって震えがきてしまう。

「すみません。うたた寝してて……」

おきぬが目を泳がせながらいうと、

「あっ、おまえは——」

おきぬの顔を見た重蔵はそこまでいうと口を開けたまま、じっとおきぬを見つめた。

見つめられたおきぬは、ぽかんとした顔をしている。

「おまえさん、確か少し前に、富吉町の小間物屋の『菊屋』からべっ甲の簪を盗んだのを半次に見つかって、ひっぱたかれた子じゃないか」

「ち、違います。人違いです」

おきぬは、すかさず嘘をついた。

すると、重蔵は懐から十手《じって》を取り出して、おきぬにこれみよがしに見せながら、

「昔からいうだろ。餅《もち》はついても嘘はつくなって。悪いことはいわない。素直に白状しろ」

といった。

はじめて十手を間近に見せられたおきぬは、怖くなって体ががたがた震え出した。

「ご、ごめんなさい。そうです。半次って人にべっ甲の簪を取られました」

それでもなんとか罪から逃れようと、自分は被害者であるかのようにいい繕《つくろ》った。

「取られた？　そもそも、おまえさんが『菊屋』から盗んだものだろう。いい加減なことばかりいうと、番屋にしょっ引くぞ」

重蔵が、おきぬごときあばずれの小娘の浅知恵を見逃すはずもない。

おきぬは、いよいよ観念した。

「ごめんなさい。はい。あのべっ甲の簪はあたしが盗みました。それから、糸吉を唆したのは、おとっつぁんが十日も帰ってこなくて、お金がなくなったからなんです。ごめんなさい。もう二度としません。本当です……」

おきぬは土間でまっすぐ立ったまま、頭をぺこぺこと何度も下げて謝った。

「そのおまえさんのおとっつぁんだが――」

重蔵は十手を懐に仕舞うと、代わりに、源三の人相書きを取り出して見せた。

「もしかして、この男かい？」

おきぬの顔に、ふたたび慄きの色が広がった。

「あ、はい。あたしのおとっつぁんです」

（十日ほど前から帰ってないといってたな。亡骸が見つかった時と重なる……）

重蔵はそう胸の内でつぶやき、

「確かか」

と、人相書きをさらに近づけて見せた。

おきぬは、穴があくほど人相書きを見つめ、

「間違いないと思います。あの、おとっつぁん、なにか悪いことしたんですか？」

おきぬは、源三がなにかお上に捕まるような悪い事をして逃げていると思ったよう

である。

重蔵は答えず、家の中を見回しながら、

「おっかさんは、どうした」

と訊いた。

「家を出ていきました。ずいぶん前に――」

どうりで暮らしに必要な物が少なすぎる、と重蔵は思った。

「糸吉に盗みをするように唆したことは、この際さておき、まずは、半次の居場所を教えてもらおうか」

重蔵は、源三のことを今いうのは控えたほうがいいだろうと考えた。おきぬの行いは、確かにあばずれのすることだが、まだ十四の小娘で母親に見捨てられた身の上なのだ。そのうえ、父親が殺されたと知るのは、いくらなんでもあまりに酷《こく》というものだと思ったのである。

「え？」

重蔵の唐突な問いに、おきぬはきょとんとした顔になった。

「先だって、おまえさんをひっぱたいて、べっ甲の簪を取り上げた男さ。やつは、どこに住んでいるんだい？」

また嘘をついたら承知しないぞ——重蔵の目がそういっている。

「知りません。本当です。でも、永代橋近くの『染川』っていう水茶屋で働いているおこん姉さんなら知っていると思います。半次さんと所帯を持ちたいって、いつもいってましたから」

「ふーん、そうか。わかった」

重蔵はそういうと、くるりと踵《きびす》を返して戸口に向かった。

「あの——」

「ん?」

重蔵が顔だけ向けると、

「あたし、どうなるんですか」

と、不安いっぱいの顔をしておきぬが訊いた。

重蔵は、父親のことを訊くのかと思っていたら、自分の心配をしているおきぬに拍子抜けした。

「ふむ、さて、どうしたもんかな……」

重蔵が腕を組み、宙を見て思案しているように装いながら、横目でおきぬの様子を盗み見ると、おきぬは顔を真っ青にして体を小刻みに震わせていた。そんなおきぬを見ているうちに、重蔵はおきぬがいよいよ憐れに思えてきた。

そして、重蔵はおきぬに近づいていって、腰を落として視線を合わせると、

「おまえさん、金輪際《こんりんざい》、盗みなんかしない。おれにそう誓えるか？」

と、大きなその瞳で、おきぬの心の中を覗き込むように、じっと見つめていった。

「あ、はい。しませんっ。誓いますっ」

「本当だな」

「はいっ」

「今度またやったら、そのときは許さないぞ」

「は、はい。本当にもうしませんっ」

しばし、重蔵は、おきぬの目を見つめたままでいたが、おきぬの心の中に嘘はないと思った。

「よし、信じた。じゃあな」

重蔵は、ふっと優しい眼差しを向けてそういうと、おきぬの家を出ていった。

七

おきぬの家を出た重蔵は、小走りで永代橋の袂にある水茶屋の「染川」に向かった。

「染川」は朝から夜遅くまで営業している。そこで働く女たちは朝と夜の二交替制で、おこんが朝から働いているかどうかはわからなかったが、重蔵はともかく訪ねてみることにした。幸い、おこんは早番で朝から働いていた。

「親分、あの人がなにか……」

店の裏につれてきたおこんの顔は強張《こわば》っている。

「うむ。半次にちょいと訊きたいことがあってね。あいつは今、どこに住んでいるのか教えてくれないか？」

重蔵は、おこんにへんな心配をさせまいとして、わざと明るくいった。

「あの人、悪いことをしたんですか」

おこんの心ノ臓がトクトクと早鐘のように脈を打ちはじめた。先だって、おきぬから取り上げた飴色のべっ甲の簪のことや、ここのところの半次が自分を抱くときの様子が普通ではないことから、なにかやらかしたのではないかとずっと気を揉んでいたのである。

「いや、そうじゃなくて——ともかく半次が今、どこにいるのか知りたいんだ。家がどこか教えてくれないか」

「はい。仙台堀沿いの今川町と佐賀町の境の路地をいった先にある吉兵衛《きちべえ》長屋です。この時刻だとまだ寝ていると思います」

「そうかい。ありがとよ」

　重蔵はいいながら、走り出していた。そんな重蔵のうしろ姿をおこんは、不安いっぱいの面持ちでしばしの間見送っていた。


　半次の長屋に重蔵が着いたのは、昼四ツ少し前だった。重蔵は、「入るぞ」というなり、戸を開けると、半次はおこんのいうとおり、まだふとんの上で褌ひとつというだらしない格好で寝ていた。

「だれだよ、うるせぇなぁ」

　半次が重蔵に寝ぼけ眼を向けていうと、

「久しぶりだな」

　上がり框に腰を下ろした重蔵がいった。

「お、親分――」

半次は飛び起き、慌てて近くに脱ぎ捨ててあったうすものを手にとって、身に纏った。

「半次、いきなりだが、おまえ、おきぬって小娘から取り上げたべっ甲の簪、どうした」

「へ？」

重蔵の近くで正座している半次は、きょとんとしている。

「少し前、おまえ、富吉町の『菊屋』って小間物屋から飴色のべっ甲の簪をかっぱらった小娘をひっぱたいて説教した挙句、取り上げただろ」

「親分、見ていたんですかい」

「ああ。おまえ、あの小娘に、自分が代わりに店に返すなんていってたが、返してないだろ」

男の亡骸の近くに落ちていたべっ甲の簪を見つけた重蔵は、どうにも気になってその日のうちに小間物屋の「菊屋」にいき、半次が本当に簪を返しにきたかどうか尋ねたのだった。そうしたところ、「菊屋」の主はなくなったままだと答えたのである。

「へ、へえ。返そうと思っているうちに、どこかに落っことしちまったみてぇで

──」

いい終わらぬ間に重蔵は、自分の懐からべっ甲の簪を取り出して見せた。

「おまえが落っことした簪は、これか？」

それを見た半次は、

「お、親分、それをどこで──」

と、つい訊いてしまったあと、しまったという顔になった。

「これだな？」

「いや、おれが落っことしたものとそっくりなもんで──」

半次はしどろもどろで、目を泳がせていった。

「おまえが、おきぬって小娘からこのべっ甲の簪を取り上げた次の日、佐賀町の大川べりの空き地で、肝ノ臓を一突きされて殺された男の亡骸が見つかってな──」

重蔵は、懐から源三の人相書きを取り出して見せた。

「この男なんだが、この亡骸の近くに、この簪が落ちてたんだ。これは、いったいどういうことなのか、教えてもらおうじゃないか」

「へえー、そうですかい。よく似たもんが落ちてましたねぇ」

半次は人相書きをちらっと見ただけで目を移し、引きつった笑みを浮かべていった。

動揺しているのは明らかだった。

下手《へた》な嘘をつきやがって——という言葉を重蔵はぐっと呑み込み、べっ甲の簪を左手に源三の人相書きを右手に持って、半次の目の前でひらひらと弄ぶようにしながら、口を開いた。

「半次、おれはおまえが、この男を殺した下手人《げしゅにん》だとは思っちゃいない。あの殺し方は、人殺しに慣れたもんの仕業で、おまえのような小心者にはとてもできる技じゃないからだ。だが、おまえ、その下手人と一緒にいたんじゃないか？」

「お、親分、藪から棒になにをいってんです。おれにはなんのことやら、さっぱりわからねぇですよ」

さっきより動揺し、声が上ずっている。

「なぁ、半次、おまえ、『染川』で働いている、あのおこんて娘のためにも、いい加減、まともな人間になったらどうなんだ？」

重蔵は、人相書きと簪を懐に仕舞い込みながらいった。

「おこんのことをどうして知ってるんです？」

半次は探るような目つきで訊いてきた。

「おきぬって子から聞いて会ってきたんだよ。おまえがどこに住んでいるのか、訊くために」

「それでここがわかったんですね……」

「おこんて娘、おまえのこと、ずいぶん心配してたぞ。あの娘なら、きっと、いい女房になってくれると思うがな」

半次は痛いところを突かれて、顔を歪めた。

そんな半次の目の前に、重蔵はいきなり懐から取り出した十手を見せた。

それを見た半次は、肩をびくっとさせた。

「半次、悪いことはいわない。十手を見せられたくらいで、びくつくような暮らしから足を洗ったらどうだい」

「親分、おれはなにも――」

びくついてなんかいませんよ――そう半次がいおうとしたときである。

「半次、おれだ、入《へえ》るぜ」

という声とともに戸が開き、六蔵が入ってきた。

「あ、兄貴……」

半次は思わず口からついて出た。

六蔵は、十手を手にしている重蔵の姿を見ると、卑屈な笑みを浮かべ、

「立て込んでるみてぇだから、またあとでくらぁ」

そういって、そそくさと半次の家から出ていこうと戸口に向かった。

そんな六蔵に、

「おい、おまえさん、半次とはどういう間柄だい？」

重蔵が声をかけた。

「ただの遊び仲間ですよ」

六蔵は顔だけ向けて、しれっといった。

が、重蔵は六蔵の袷《あわせ》の懐が膨らんでいるのを見逃さなかった。

「ほぉ、おまえさんの遊びってのは、その懐に収まっている物騒なものを使う遊びかい」

六蔵のこめかみのあたりが一瞬、引きつったように見えた。

「親分、これは——」

六蔵は開き直ったのか、懐から匕首を取り出して、

「護身用ってやつですよ」

と、重蔵に挑むような目つきでいった。

が、そんなことで重蔵がひるむはずもなく、

「護身用にしちゃあ、ずいぶん血生臭ぇ匂いがするのは気のせぇかい……」

からかうように十手で肩をとんとんと軽く叩くようにしていい、六蔵と睨み合った。

暑さでむんむんしていた部屋の中が、ぴんと張り詰めた空気に包まれた。

と、不意に六蔵が目を逸らせて匕首を懐に仕舞い、

「そりゃ、親分、気のせぇってもんでやしょう。じゃ、半次、またな——」

といって、足早に家から出ていった。

「半次、あいつは、なんて名だ？」

重蔵が半次に向き直って訊くと、

「——六蔵です……」

半次は冷や汗をかいている。

重蔵は上がり框から腰を上げて十手を懐に仕舞った。

そして半次に、

「半次、あんな六蔵みたいなやつを兄貴なんて呼んでつるんでいると、おまえ、そのうち命を落とす羽目になるぞ」

と、愛想をつかしたように力なくいった。重蔵は六蔵の心の奥底に得体の知れないどす黒い欲情が渦巻いているのを見抜いていたのである。

「親分、そんな縁起でもねぇこといわないでくださいよ。へへ」

「ああ。おまえには、なにをいっても無駄なようだから、もうなんもいわないよ。邪魔したな」

重蔵はそういうと、半次の家を出ていった。

そして長屋の路地を歩きながら、

(半次は、間違いなく嘘をついている。佐賀町の大川べりの空き地で見つかったあの男の殺しになんらかの関わりがあるに違いない。だが、今のところなんの証《あかし》もない。さて、どうしたものか——それにしても、あのおきぬって子がべっ甲の簪を盗み、それを奪い取った半次が、おきぬの父親の殺しに関わりがあるかもしれないとは、なんとも因縁めいた話になってきたもんだな……)

と、胸の内でつぶやいているうちに、重蔵の中で半次への嫌疑は確信へと変わっていった。

八

十日の夕七ツ——いくらか暑さも和らいでくる時刻、おきぬの家の前で、おこんは足を止めた。

「ごめんください。だれかいませんか」

聞き覚えのある女の声に、おきぬは、はっとした。

(おこん姉さん……)

おきぬは顔を上げ、腰高障子を見た。女の影が映っている。

「いないのかしら……」

間違いなく、おこん姉さんの声だ。だが、どうしてここがわかったのだろう。おきぬは、この長屋に引っ越してきたことを、おこんには知らせていないのだ。

「もし、だれもいないのですか」

おこんはあきらめずにいる。おきぬは、どうしようかと一瞬迷ったが、会いたくてたまらなかったおこんがきてくれたと思うと、迷いは吹っ飛び、走るように土間に下りて心張棒をはずして戸を開けた。

「まあ、おきぬちゃん……」

おこんは、その大きな目を見開いてびっくりした顔をしている。

「おこん姉さんっ」

おきぬは、おこんの胸に抱きつくように飛び込んだ。

「どうしてここがわかったの」

おきぬは、おこんの胸に埋めていた顔を上げて訊いた。

「ああ、それは――」

おこんは、いい淀んだ。おきぬを呼び出してきてくれといったのは、半次なのである。

しかし、そのとき半次は、おきぬという名を告げず、長屋の木戸にある源三という名の家にいき、そこにいる娘を連れてきてくれとだけいったのだ。

(あの人、あたしを驚かそうとしたのかしら)

ちらりとそんなことが頭をかすめたとき、

「おこん姉さん、どうしたの。その首――」

おきぬが訊いてきた。おこんの首に包帯が巻かれていたからだ。先だって、半次に抱かれながら絞められた手の跡を隠すために、おこんは包帯を巻いたのである。

(ああ、そっか。あの人、あんなことをしたものだから、申し訳ないと思ってこの子の居場所を探してくれたんだわ)

そう思うと、おこんは合点がいく気がした。

「夏風邪を引いちゃったのよ――ここは、あの人が教えてくれたの。おきぬちゃん、半次さんに何日か前に会ったんだってねえ」

　おこんが笑みを浮かべていうと、おきぬの顔にさっと怯《おび》えが走り、あとずさった。

「心配いらないわよ。説教しにきたんじゃないんだから」

　そういわれても、おきぬは疑り深そうな目をして、じっとおこんを見つめている。

「でも、もうそんなことしちゃ駄目よ。さ、出かけましょ」

「出かけるってどこへ」

　おきぬは、まだ警戒している。

「あの人が、おきぬちゃんに用があるんだって。きっとなにか御馳走してくれるのよ」

「どうして……」

　おきぬの疑問はもっともだが、おこんは本気でそう思っているようで、優しい笑顔を見せている。

「おきぬちゃんをひっぱたいたことを、ちょっとやりすぎたなと思ったのよ、きっと。本当に心配いらないわよ。あたしも一緒だから」

　おこんはそういうと、手を伸ばしておきぬの手を握った。

夏の夕七ツは、まだ日は高い。晴れた空のもと、半次は六蔵とふたりで、また人けのない熊井町の大川岸の小屋の前に立っていた。

二日前、ここに『伊勢屋』の千太郎に妹のお澄を連れてこさせて眠り薬を使って犯し、その後で船に乗せて京か大坂へ売り飛ばした。十日ほど前には、六蔵は上流の佐賀町の空き地で男をひと刺しで殺した。

男の名は、源三といった。渡りの大工をしているらしく、たびたび、藤兵衛が開く賭場にきていて金を巻き上げられ、十両もの借金をしていた。渡りの大工がどうがんばっても、返せる額ではない。そこで例によって客の素性を調べつくしている藤兵衛は、娘を差し出せと迫ったのだが、源三は首を縦に振らず、金を貸してくれといい出した。大きく勝負して、必ず返すといい張るばかりで、まるで埒《らち》が明かなかった。業《ごう》を煮やした藤兵衛は、六蔵に始末しろと目でいった。そして賭場を閉めた明け方近く、源三を佐賀町の大川べりの空き地に連れていき、六蔵は顔色ひとつ変えず、うしろから肝ノ臓をひと突きして殺したのである。

藤兵衛は、源三の娘がまだ十四であることを知っていて、小娘には興味がないから六蔵に好きにしていいといった。藤兵衛からご褒美をもらった六蔵だったが、千太郎の妹のお澄の件や、他の借金の取り立てなどでせわしなかったために、なかなか暇をとることができなかった。そして、ようやく今日になって暇ができ、源三の十四になる生娘をあの小屋で意識のあるままいただくことにしたのである。

「へへ。相変わらず、おめえの従兄妹はいい女だな」

六蔵の甲高い声で、我に返ったように土堤の上に目を向けたとたん、河岸にいる半次は愕然となった。笑顔を見せて半次に手を振っているおこんの隣に、おきぬの姿があったからである。

（あのあばずれ、殺された源三って大工の娘だったのかっ……）

半次が胸を突かれた思いで見ていると、

「ほお、ありゃ磨けば光る上等な小娘だぜ」

六蔵は下卑た笑いを見せていった。

六蔵の企みなど知る由もないおこんとおきぬが、土堤から下りてこようとしている。

「おこん、くるんじゃねえっ」

半次は思わず叫んだ。その追い詰められた半次の顔と声に、おこんの足がぴたりと止まり、笑顔が一瞬にして消えて怯えた顔になった。

「おい、どういうことだ」

六蔵が怪訝な顔をして半次を見た。

「兄貴、お願いだ。あの娘は勘弁してやってくれっ」

半次は、切羽詰まった顔をしている。

「なにいってやがる」

「あの男が残していった十両なら、おれが返す。だから、あの娘は見逃してやってくれ」

半次はなぜそんなことを自分が口走っているのか、判然としなかった。ただ、この六蔵に、まだ小娘のおきぬが首を絞められながら犯されるのかと思うと、半次は吐き気がし、おきぬがあまりにも憐れに思えてならないのだった。

「おめえ、頭どうかしちまったんじゃねえのか。あの娘は売れば、どう安く見積もっても三十両は固《かて》ぇ。なにとち狂ったこと抜かしてやがるんだよっ」

六蔵は、首をくにゃくにゃと回しながらいった。六蔵が苛立ったときに見せる癖である。

「おこん、そのあばずれを連れて逃げろっ」

半次は、おこんとおきぬがいる土堤に向けて叫んだ。おこんは、顔を蒼白にさせておきぬの手を握ったまま、まるで足に根が生えたように動けずにいる。

と、そのとき、

「おれのあとについてくるんだっ」

河岸にいる半次と六蔵の様子がうかがえるように、土堤にうつぶせになって、身を隠していた定吉が立ち上がり、おこんとおきぬの前に現れた。

「あなた、だれなの……」

突然、現れた正体不明の定吉におこんは混乱し、恐怖で顔を引きつらせている。

「怖がることはねぇっ。おれは深川の重蔵親分のもとで働いている定吉ってもんだっ」

「重蔵親分の？」

おこんは、ほっとした顔になりつつも、半次を心配しているふうで定吉の顔と交互に見ている。

「詳しい話はあとだ。さ、早く、おれのあとについてくるんだっ」

昨日定吉は、重蔵から半次に張りついて、なにか様子がおかしなことがあったらすぐに六間堀の自身番にいる重蔵と京之介に知らせるように言われていたのである。

「でも――」

まだどうしたらよいのか迷っているおこんの顔を、おきぬは不安そうな顔で見ている。

だが、定吉の声が聞こえたのか、

「おこん、その人のいうとおりにするんだっ。早く重蔵親分のところに逃げろっ」

と、半次が叫んだ。

「さ、ほら、早くっ――」

定吉が半次と六蔵のいる場所から遠くへいこうとして走り出すと、おこんはようやく踏ん切りがついた顔つきになった。

そして、おきぬの手を強く握って、

「おきぬちゃん、いきましょっ」

というと、おきぬも力強く頷き、ふたりは定吉のあとを追って走り出した。

その様子を見た六蔵は、半次が本気で自分に逆らっていることを理解したようだった。

「半次、おれに逆らったやつがどうなるか、てめえが一番知ってるはずだぜっ……」

六蔵は、懐から匕首を取り出した。鈍い銀色の刃が不気味な色を放っている。

「ああ。だが、今度ばかりは兄貴に逆らうより手がねえ……」

半次も懐から匕首を取り出した。

「いい度胸だ……」

六蔵は、雪駄を脱ぎ捨てた。

「…………」

半次も雪駄を脱ぎ、匕首を持って構えたが、恐ろしさで体が震えている。

「おい、震えてるじゃねえか。だが、手加減しねえぜ——」

空気を滑るように切って、六蔵の匕首が半次の体をめがけて突いてきた。半次はのけぞってその一撃をなんとかかわしたが、六蔵は二撃三撃と間を置かず矢継ぎ早に突いてくる。

半次はかわすのが精いっぱいで、反撃に打って出ることはできないでいる。

「うっ……」

半次の左頬に六蔵の匕首がかすった。ひりひりとした痛みが走り抜けた。六蔵は、その小柄な体をふわりふわりと浮かすように跳ねさせながら、一定の距離を保って突いてくる。

半次は闇雲に匕首を振るってみたが、空《くう》を切るばかりだった。一方の六蔵は、獣のように敏捷な動きで半次の匕首をかわしながら、すっすっと右左に突いてくる。

そうしているうちに六蔵の持つ匕首の切っ先が、ぐさりと半次の左腕を抉《えぐ》った。血が噴き出した。痛みに顔を歪め、息が切れている半次がよろけると、六蔵は残忍な笑みを浮かべて胸、肩、足と次々に切りつけてきた。敢えて急所を外し、皮膚を切り刻むことで半次の体が血でじわじわと赤く染まる様を見るのを楽しんでいるようだった。

六蔵はとても敵《かな》う相手ではなかった。それでも闘いをやめるわけにはいかない。半次はふらつきながら、匕首を振り回し続けた。そのたびに薄笑いを浮かべた六蔵にかわされ、一突き二突きされてしまう。空はいつの間にかあかね色に染まっているのだが、半次はそれにも気がつかないほど出血がひどく意識が朦朧となっている。

切り合いをはじめて、もうどれくらいのときが経っているのかさえわからないでいる半次だったが、ひとつだけはっきりわかっていることがある。

(――殺される……)

だが、半次は、もはや六蔵の匕首をかわす気力も匕首を持つ力さえもなくなっていた。やがて体じゅうがしびれた感覚に包まれると、立っていられなくなり、草むらに仰向けになってどっと倒れた。

「これで、おめえもあの世行きだ……」

六蔵は、首をくにゃくにゃ揺らしながら、着物を血で赤黒く染めて仰向けで倒れている半次のもとにいき、見下ろしていった。

そして、半次の胴を挟むようにして腰を下ろし、両膝を地面につけると、持っている匕首を宙に突き上げて心ノ臓をめがけて振り下ろそうとした、そのときだった。

びゅっと、空気を切る音とともに飛んできた石つぶてが、匕首を持っている六蔵の右手首に直撃した。

「うぐっ」

六蔵は妙な声を上げ、手にしていた匕首をぽとりと落とした。

そして痛さで顔を歪めながら六蔵が振り向くと、五間ほど離れたところに息を切らせた重蔵と京之介が立っていた。

六蔵は落とした匕首を拾うと、重蔵と京之介を睨みつけながら立ち上がり、半次のもとからゆっくりと後ずさりはじめた。

「半次、しっかりしろっ」

重蔵が、半次のもとに駆け寄って抱きかかえた。

「――親分……源三……」

半次は閉じていた目をうっすらと開けて、かすかな声を出した。

「おきぬの父親の源三を殺したのは、あいつか」

重蔵がまだ近くにいる六蔵を睨みつけながらいうと、

「へえ……それから……加賀町の藤兵衛……『伊瀬屋』の娘を……売り飛ばしたのは

「……あいつなんだ……」

と、半次は残っている力を振り絞るようにして、途切れ途切れにいった。

「伊瀬屋」の主から、娘のお澄が姿を消したと自身番屋に訴えが出ているのを半次は知っていたのである。

「わかったっ。このおれが、きっと助け出す。だからしっかりしろ、半次っ」

重蔵は抱きかかえていた半次を、背中におぶって立ち上がった。

と、匕首を持っている六蔵が、重蔵の前に立ちはだかった。

「どけっ、この外道っ」

重蔵が身じろぎもせず憤然といった。

「そうはいかねぇ……」

六蔵は匕首を持って構えた。

「おれが相手してやるよ」

京之介が、重蔵と六蔵の間に立っていった。

「若旦那、あとは任せましたよ」

重蔵がいうと、

「ああ。早くそいつを医者に運んでやってくれ」

「へい」

　重蔵は走り出した。

　そして、背中の半次に顔を半分向けながら、

「半次、少しの辛抱だ。がんばれっ。おれが、必ず助けてやるっ」

　といったが、半次からの返事はなかった。だが、かすかではあるが、重蔵は首に半次の息を感じていた。気を失っているのだ。刺された箇所はどこも浅く、致命傷にはなっていないが、出血がひどい。早く止血しなければ命が危くなってしまう。重蔵は走った。力の限り走り続けた。

　一方、その場に残っている京之介は、にやりと笑って抜刀すると、慣れた手つきで峰を返し、一刀流で〝水の構え〟と呼ぶところの正眼の構えを取った。

　対する六蔵は、腰を落とすと、体を右へ左へふわりふわりと浮かすようにして移動させながら、攻め入る隙を測りはじめた。

　京之介は、顔色一つ変えずに涼しい顔をして、水の構えの名のとおり、水の流れのような滑らかな足さばきで六蔵に詰め寄っていった。

　六蔵が先に仕掛けてきた。体の移動を止めたとたん、前のめりになって、すっと匕首を差し出したのである。が、京之介は事もなげに匕首を持つ六蔵の右手首めがけて、

びしっと峰打ちを決めた。六蔵は、「ぎゃっ」と叫び声を上げ、匕首を落とすと、打たれた手首がだらんと伸びたままになった。重蔵が投げた石つぶてを食らったところに、刀の峰がまた力いっぱい振り下ろされたのである。手首の骨が砕けたのだろう。もう、勝負はついたも同然だった。京之介は、相変わらず涼しい顔をして六蔵に詰め寄り、左手首、両足の脛を目にも止まらぬ速さで打ち据えていった。そのたびに六蔵は、「ぎゃっ」「ぐえっ」などと言葉にならない声を上げ、その場に崩れ落ちると、悲鳴を上げながら転げ回った。

刀を鞘に納めた京之介は六蔵を見下ろして、

「痛いかい。番屋の者がやってくるまで、そうやって苦しむがいいさ。だが、おまえの苦しみは、まだはじまったばかりだ。これから先、市中引き回しのうえ打首獄門《うちくびごくもん》が待っているからな」

と冷たくいい放った。

三月後《みつき》――体の傷がようやく癒え、なんとか歩けるほどに回復した半次は、真っ先におこんとおきぬを連れて重蔵のもとにやってきた。そして、重蔵に涙ながらに何度も礼を述べると、身内がいなくなった者同士のこの三人で家族になり、江戸を離れて京へいき、生まれ変わったつもりで真面目に働いて生きていくと誓った。半次は藤兵衛の手下として働いていた廉《かど》で吟味を受けたが、じかに人身売買や人殺しに手を下していないということで、江戸払いの刑をいい渡されたのである。江戸払いは、三年から五年に一度くらいにある恩赦の対象となる刑である。

重蔵は帰り際、半次ひとりを呼び止め、すでに藤兵衛と六蔵は市中引き回しのうえ打首獄門の刑がいい渡され、この世から消えたこと。また、紙問屋「伊瀬屋」の娘のお澄は、北町奉行から依頼を受けた大坂町奉行所の尽力で売られた先から助け出され、父親のもとで心の傷を癒している最中だと伝えた。

そして、重蔵は最後に、

「半次、江戸が恋しくなったらいつでも帰《けえ》ってこい」

と、優しい眼差しを向けていい、三人のうしろ姿が見えなくなるまで見送っていた。

第四話　怯《おび》える女

一

卯月《うづき》四日の夜――。

「はい、おまちどおさま――」

小夜がうきうきした顔で、重蔵と定吉がいる小上がりの席にやってきて、盆にのせていた鰹《かつお》の刺身を飯台に置いた。重蔵と定吉の向かいには、重蔵の家の裏路地にある長屋に住む居職《いじょく》の印判師《いんばんし》、猪助《いすけ》が座っている。

「初鰹を食べられるなんて、何年ぶりかなぁ」

定吉が目の前の鰹の刺身を食い入るように見つめていった。

風の香りもかぐわしい卯月といえば、鰹である。

〝女房を質に入れても初鰹〟という川柳《せんりゅう》があるほど江戸っ子に人気のある初鰹は、江戸の町に初夏を告げる風物詩である。

「親分、本当にご相伴《しょうばん》にあずかっていいんですかい」

猪助もうれしさを隠しきれない顔をしている。喜ぶのも無理はない。初鰹の相場は、二両から三両であった。一家三人のひと月にかかる生活費がおよそ一両であるから、庶民が気軽に口にできるものではないのだ。

「貰いもんだ。遠慮なく食ってくれ」

重蔵は、半月ほど前、商人相手の騙《かた》り屋にひっかかって困っていた森下町の小間物《こまもの》問屋を、内々《ないない》で助けてやったことがあった。そんなことを本人はすっかり忘れていたが、助けられたほうは律儀にも、生きのいい初鰹が手に入りましたからと、今日の昼近くにまるまる一本を、重蔵の家に届けてきたのである。

有難いことではあるが、なにしろ重蔵は定吉とふたり暮らし。まるまる一本はとても食べきれないし、鰹は足の早い魚だから、早く片付けてしまわなければならない。

そこで思い出したのが、猪助親子のことだった。今朝、日を浴びようと重蔵が外に出ると、家の前で猪助と女房のお米《よね》が、ひとり息子で五つの幸吉《こうきち》に風呂敷を持たせて見送りに出ていた。どうしたのかと訊くと、今日が幸吉の寺子屋に通う初日なのだという。幸吉は頭がよく、だれに教えられたわけでもないのに簡単な算用やひらがな、カタカナが読めるという。そこで猪助は、寺子屋に通うのはだいたい七つからだが、物は試しと思って先だって相生町二丁目で寺子屋をやっている寺尾雲斎《てらおうんさい》という手習い師匠のところに幸吉を連れていくと、この子はかなりな秀才だから明日からでも通わせなさいといってくれたというのである。

それで重蔵は猪助に、今夜一緒に「小夜」にいき、鰹の刺身を作ってもらって、幸吉の寺子屋通いの祝いをしようと言ったのである。無論、「小夜」で捌《さば》いてもらった鰹はいち早く長屋にいる猪助の女房のお米と幸吉に定吉が届けてある。

「とんびが鷹《たか》を産んだってやつですね。猪助さん」

さっそく鰹の刺身を口にしながら定吉がいった。うめぇっ――定吉の顔いっぱいに、そう書いてある。鰹の皮の部分を火でさっと炙《あぶ》ってあるから生臭さはなく、厚切りにした身に生姜《しょうが》をのせて醤油に少々浸して口に入れると、嚙まずともとろっと溶けてなくなるほどの柔らかな舌触りとうまさが口いっぱいに広がる。

「定、口がすぎるぞ」

重蔵が苦笑いを浮かべて軽くたしなめると、

「いや、親分、定吉のいうとおりでさ」

猪助は機嫌を悪くするどころか、むしろ喜んでいる。そんな猪助を重蔵が目を細めて見ていると、どうも背後から多くの人の気配がした。

振り向くと、常連客たちが、重蔵たちの飯台に置いてある鰹の刺身を覗き込んで生唾を飲み込んでいた。

「みんな、そう心配しなさんな。分け前は少しになるだろうけど、みんなにも食べてもらえるようにしてくれって、女将《おかみ》に頼んであるから。あ、ほら——」

重蔵が顔で示すと、小夜が鰹の刺身を盛った大皿を持って調理場から出てきた。

「さ、みなさん、重蔵親分からのお裾《すそ》分《わ》けよ。もちろん、お代はいらないけど、そのぶん、たんとお酒を飲んでくださいな」

「さすが、重蔵親分、日本一」、「親分、今夜はとりわけうめぇ酒になります。ありがてぇ」、「重蔵親分、いただきます」、「今夜は、へべれけになるまで飲もうぜ」などと常連客たちは、店の真ん中の飯台に置かれた鰹の刺身を取り囲んで口々にそういいながら、あっという間にたいらげた。

そんな賑わいが落ち着いたときである。遠くから擦半鐘《ずりばんしょう》の音が風に乗って聞こえてきた。

「こんな夜分に火事か……いったい、どのあたりだろう。ちょっと見てくる」

出ていった。

重蔵が腰を上げると、定吉と猪助も続き、小夜をはじめ、客たちもそそくさと外に

竪川《たてかわ》沿いの表通りに出てみると、すでに大勢の人たちでごった返していて、擦半鐘が鳴っている南東の方向に目を向けていた。重蔵も彼らに倣《なら》って目を向けると、夜空を赤く染める火の手が見えた。

「木場《きば》あたりですね」

重蔵の隣にいる定吉がいった。

「うむ。ここからでもあれだけの火の手が見えるんだ。まだまだ広がりそうだな」

「親分、でもこっちにまでも火の粉が飛んでくることはないでしょ」

重蔵を定吉と挟むように立っている猪助がいった。

「まあ、そうだが、あの一帯はひどいことになってるな……」

しばしの間、火の手があがっている空を見ていた重蔵だったが、野次馬たちも家に帰りはじめるのを見て、

「さ、鰹も食ったし、酒も飲んだ。そろそろお開きにしよう」

といって、酒代を払おうと店に戻るべく踵《きびす》を返すと、小夜が店の軒先にかがんでい

た。

「女将、どうした」

重蔵が小夜の背中に声をかけた。定吉と猪助もそばに寄る。

「この人、さっきから様子がおかしいんですよ……」

小夜が顔だけ向けていった。

「ずいぶん具合悪そうですね」

猪助が小夜の隣にかがんで、女を見ながら訊いた。女は年のころは二十四、五といったところだろう。重蔵もかがんで女の様子を見ると、顔色は真っ青でずいぶんやつれた顔をしていて、額《ひたい》に脂汗《あぶらあせ》を浮かべて体を震わせている。

「おまえさん、家はどこだい」

重蔵が訊いても、女はただがたがたと震えているばかりで答えることができないでいる。

「あたしがさっき訊いたら、常磐町三丁目の治五郎《じごろう》長屋だって――」

小夜は、どうしたものだろうという顔をしている。

「治五郎長屋なら、ここからそう遠くないですね」

定吉がいった。

「ああ。おまえさん、その様子じゃ、ひとりで帰れそうもないな。ひとっ走りして、家族を呼んできてやろう」

重蔵がそういうと、女は震えながら激しく首を振って、「いないっ……あたしには、だれもいない……」とうわごとのようにつぶやいた。

「独り身のようですね」

猪助も困惑した顔をしている。

「うむ」

重蔵は女を見つめながら、

(治五郎長屋の住人なら、見たことがあってもよさそうなもんだが、この女の顔には見覚えがない。越してきたばかりってことか……)

と頭の中で思っていた。

するとと、女がふらふらしながら立ち上がり、

「もう大丈夫です……ご心配をおかけしてすみません——」

と、みんなに頭を軽く下げたとたん、ふらっとよろめいた。

「おっと、ちっとも大丈夫じゃゃないな。治五郎長屋までは遠くないとはいってもけっこうあるし、こんな刻限に女のひとり歩きは物騒だ。さ、おれがおぶっていってやろ

う」

　重蔵はよろめいた女の手をとっさに取って転ばぬようにすると、すかさず女に背中を向けて腰を下ろした。

「この際、親分のいうとおりにしたほうがいいわ。あたしも一緒にいきますから、さ」

　小夜が促し、女を重蔵の背中におぶらせた。

「定と猪助は先に帰ってな」

「へえ」

　女をおぶった重蔵は、小夜と並んで常磐町三丁目を目指して歩いた。治五郎長屋は、竪川沿いの表通りを二ツ目之橋《ふたつめのはし》までいき、林町《はやしちょう》二丁目に入る道を右に曲がって三町ほど歩いた路地裏にある。足早に歩く重蔵のあとを、小夜が駆け足のようにしてついてくる。

「女将、店にまだ客がいるだろ。戻んなよ」

　うしろをついてくる小夜に、重蔵が顔だけ向けていうと、

「あたしひとりで店に戻れっていうの？　親分、女のひとり歩きは物騒なんじゃないの？　わかった。あたしのような年増は物騒な目にあわないっていいたいのね」

小夜が拗《す》ねた口調でいった。

「あ、いや、女将、おれはそんなつもりでいったんじゃなくて、なんていうか……」

苦《にが》み走った顔の重蔵が、しどろもどろになっている。小夜は重蔵のそんな姿を見たのははじめてである。

「わかってますよ。冗談ですよ、親分。ふふ」

「なんだよ、参ったな……」

重蔵はさらに足を速めた。

やがて治五郎長屋に着いた重蔵は木戸口の前で足を止めて、住人の名が書かれてある表札を見上げ、「まき」という女の名を見つけた。

「あんた、おまきさんてのかい？」

重蔵が、おぶっている女に顔を向けて訊いた。

「はい……もう本当に大丈夫ですから、下ろしてください」

そういわれて、重蔵は腰をかがめて、おまきを背中から下ろした。

「ご迷惑をおかけして、申し訳ありませんでした」

いくぶん顔色がよくなっている女は、ふらつくことなく深々と頭を下げた。

「いや、なに。困ったときは、お互いさまだ。それじゃ、女将、戻ろう」

「お気をつけて」

おまきは、ふたたび、頭を下げて、重蔵と小夜を見送った。

二

火事があった翌朝、定吉が重蔵の家を改装して作った髪結《かみゆ》いの店「花床」の前の道を箒《ほうき》で掃いていると、裏路地の長屋の木戸口から猪助と女房のお米、息子の幸吉が出てきた。幸吉は風呂敷包みと傘を持っている。

「定吉、おはよう」

猪助が声をかけてきた。

「ああ、猪助さん、お米さん、おはよう。幸吉、もう寺子屋にいくのか」

定吉が訊くと、

「うん」

寺子屋に通うのが楽しいのだろう、幸吉は元気いっぱいである。

「手習い、そんなに楽しいのか」

「手習いも楽しいけど、友達もできたから、遊ぶのも楽しい」

「そうか。だけど、出かけるの、ちょっと早くねぇか」

寺子屋は、朝五ツからはじまる。ここから相生町二丁目の寺子屋までなら、子供の足でも四半刻でいけるはずだが、今はまだ六ツ半だ。

「そうだけど、お師匠さんはもう寺子屋に来ていて、みんながそろわなくてもいろいろ教えてくれるんだ。だから——」

もじもじしながらいう幸吉の前に定吉はしゃがみ込み、

「ほお、だから早くいっていろいろ教えてもらいてぇのか。幸吉は本当に手習いが好きなんだなぁ。おれとはえらい違いだ。おまえは、きっと偉くなるぞ」

定吉が幸吉の頭を撫でていった。寺子屋では、〝読み書き算盤《そろばん》〟と呼ばれる基礎的な文字の読み方、習字、算用の習得にはじまり、地理や人名、書簡の作成など実生活に必要な学問を指南される。

教材は、書簡を習うときには「往来物《おうらいもの》」、漢字を習うときに使うのは「千字文《せんじもん》」、さらに儒学書の「四書五経《ししょごきょう》」に「唐詩選《とうしせん》」、「百人一首《ひゃくにんいっしゅ》」や「徒然草《つれづれぐさ》」といった古典が用いられる。

そうした手習いをおよそ六年かけて修めるのだから、相当な知恵者になることは間違いない。

「猪助、お米さん、それに幸吉、おはよう」

話し声が聞こえた重蔵が家から出てきた。

「親分、おはようございます」

猪助、お米、そして幸吉までが声を揃えていった。

そしてお米が、

「親分、昨晩の高価な初鰹、幸吉とおいしくいただきました。ありがとうございました」

と頭を下げながら改めて礼をいった。

重蔵は、「そうかい。おいしかったかい」と、笑みを浮かべてお米と幸吉を見ながらいい、

「しかし、なんだな。こうして親子揃っている姿を見るのはいいもんだな」

といった。

「へえ。ですから、夕べの火事で親や子を亡くしちまったもんがずいぶん出ちまったんだろうなと思うと、気の毒で仕方ありませんや」

猪助が申し訳なさそうな顔をして、しんみりと言った。その横で、お米も小さく何度も頷いている。

「火事と喧嘩は江戸の華なんて、だれがいいだしたか知らないが、おれたち素町人は、みんな狭いところに身を寄せ合うようにして暮らしてるんだ。夕べみたいな大火事になれば、運よく命拾いしたところで家からなにからぜんぶ灰になってしまう。死ぬも地獄、生きるも地獄だ」

重蔵が腕組みしながらいった。

「ねぇ、もういっていい？」

幸吉が、猪助とお米を見上げてしびれを切らしていった。

「おっと、つい長話しちまった。幸吉、すまなかったな。さぁ」

重蔵が、手で「いけ」と促した。

「親分、おとっつぁん、おっかさん、定吉さん、いってきます」

幸吉はそういうと、走るようにみんなのもとから去っていった。

「気をつけてなぁ」

猪助がいうと、

「幸吉、お師匠さんのいうことをちゃんと聞くんだよぉ」

お米も声を上げ、幸吉は小走りしながら振り向いて手を振っていった。

「それじゃ、親分——」

「おう」

「それでは――」

お米が軽く頭を下げて長屋に戻っていき、定吉がふたたび箒で道を掃きはじめた。

そして、重蔵が家に戻ろうとすると、小夜が歩いてくるのが見えた。

「親分、おはようございます」

足を速めてやってきた小夜は、重蔵の前で足を止めて挨拶した。

「おはよう。朝早くから出かけてたのかい」

「はい。おまきさんのところにちょっと――」

「おまきさんって、昨夜のあの――」

「ええ。ちょっと様子が尋常じゃなかったでしょ。それなものだから、気になってどうしているのか見にいってみたんですよ」

「で、どうだったたい」

「顔色もすっかりよくなって、もう大丈夫みたいでしたけど、昨夜ああなっちゃったのは、火事があったからなんですって」

「どういうことです」

箒を動かしていた定吉が手を止めて訊いてきた。

「おまきさんの部屋に、ご亭主と子供の位牌があってね、それを悔しそうに見ながらいうんですよ。あたしは火事が怖くて、憎くてしょうがないって――五年前、木場であった大火事でご亭主と子供を亡くしたんですって。それからというもの、火を見るだけで頭が痛くなって、普通でいられなくなるっていうんですよ。だから、行燈《あんどん》の火もつけられなくて、真っ暗な中で暮らしているみたい」

「そうだったのかい。あのおまきさんて女《ひと》、とんだ目にあってたんだなあ」

五年前といえば、重蔵に手札を与えた千坂伝衛門が亡くなった年だから、重蔵は木場の火事のことをよく覚えている。

「昨夜の火事で、おまきさんみてぇな人がまた増えちまったでしょうねえ……」

「うむ」

重蔵がそれっきり黙り込むと、

「それじゃ」

小夜は、こくりと頭を下げて自分の家へと帰っていった。

それから半刻ほどしたときのことである。珍しいことに、千坂京之介が重蔵の家にやってきた。

「若旦那、いったいどうしたんです」

居間に通した重蔵は、京之介を上座に座らせて訊いた。

「どうぞ——」

定吉が京之介の前に白湯《さゆ》を出した。まだ店を開けたばかりで髪結いの客はいない。

「うむ。昨夜の木場で起きた火事だが、どうやら付け火のようなんだ」

白湯をごくりと飲んで、京之介がいった。

「付け火⁈」

重蔵と定吉が申し合わせたように声を揃えていった。

「ああ。火元は普請中の長屋だということがわかったんだが、町火消の話ではあたり一面に油を撒《ま》いた跡があったというんだ」

「付け火が本当だとしたら、まったく許せない話だ……」

重蔵が唸《うな》るようにいった。

「ずいぶん死んじまった人もいるんですかい」

定吉が訊くと、

「うむ。火事があった一帯は焼野原になっていて、何十人も死んだ者がいるらしい。で、こうして親分を訪ねてきたのは、火元となった長屋は尾上町《おのえちょう》の材木問屋、高田《たかだ》屋《や》の持ち物だということがわかってね」

と、京之介はいった。

「ああ、あの高田屋ですかい」

材木問屋の大店《おおだな》である高田屋がある尾上町は、重蔵の住まいの近くを流れる竪川に架かる一ツ目之橋《ひとつめのはし》を渡った先の元町《もとまち》の向かい側にある。つまり、京之介の廻り筋なのだ。

「付け火するわけは、そうあるもんじゃない。恨みつらみに嫌がらせ。まして高田屋ほどの大店さ。そんなやつらがいてもおかしくはないだろう」

「へえ。もっとも火を見たいがために付け火するって、頭がおかしい者もいるからなんともいえないところもありますが――わかりました。高田屋を恨んでいるようなやつがいないかどうか、さっそく調べてみましょう」

重蔵がそういうと、

「じゃ、親分、よろしく頼む。おれは、他に調べたいことがあるので、奉行所に戻らなければならないんだ。なにかわかったら、すぐに知らせてくれ」

といって、京之介は立ち上がった。

三

重蔵は、定吉に高田屋に出入りする者たちに恨みを持つ者がいるかどうか聞き込みするように命じて、自らも尾上町の通りに面した高田屋の店先が見える反対側の通りの物陰から根気よく見張った。

そして、黄昏《たそがれ》色に町が染まりはじめたころのことである。間口七間余りもある高田屋に、先だっての火事で材木を買い付けに商人たちがひっきりなしにやってきている中、猪助が店に入っていった。

(猪助はなんの用があって、高田屋にきたんだ……)

そう思いながら、しばしの間、店先を見ていると、猪助がなにか納得いかないとばかりに首を振りながら出てきた。

「猪助——」

近くまできたところで、重蔵が声をかけた。

「親分。いったいどうしたんです」

猪助は驚いた顔をしている。

「それはこっちが訊きたいよ。おまえ、高田屋になんの用があったんだ？」

「へえ。幸吉と高田屋の倅《せがれ》の庄助《しょうすけ》が、同じ寺子屋に通っていて仲良しらしいので、訊きたいことがあったんです」

「訊きたいことって、なんだい？」

猪助は急に顔を曇らせて、

「実は、幸吉が、まだ家に帰《けえ》ってこねぇもんですから、高田屋の倅なら幸吉のいきそうなところに心当たりがあるんじゃねぇかと思いまして、それを訊きに――」

「幸吉が、まだ家に帰ってこないって、確か寺子屋が終わるのは八ツごろじゃなかったか？」

「そうなんですよ。だから、幸吉はいつも遅くても八ツ半には家に帰《けえ》ってくるんですが、それを過ぎても帰《けえ》ってこねぇもんですからね、お米が心配がって、おれ、寺子屋にいってみたんですよ」

「それは、何時《なんどき》のことだい？」

「七ツです。そうしたら、お師匠さんは、八ツにみんな帰ったってんですよ。そのときはまだ日が出ていたんで、どこかに寄り道でもしてるんだろうと思って家に戻ったんです」

「それで――」

「へえ。で、家に戻って四半刻ほどしたとき、高田屋の手代が幸吉の着物を届けにきたんです」

「幸吉の着物を届けにきた？　どういうことだ」

「その手代の話では、幸吉のやつ、寺子屋が終わったあと、高田屋の倅の庄助に誘われて家に遊びにいったらしいです。で、庭でじゃれあっていたら幸吉が池に落っこちたというんですよ」

「何事もなかったんだろうな」

「へえ。高田屋の倅は、すぐに幸吉の着物を脱がせて、代わりに自分の着物を着せて家に帰《けえ》らせたってんです。幸吉の水浸しになった着物は、女中に頼んで火のしで乾かして、あとで店の者に持っていかせるからっていって。だけど、それからもうずいぶん経つのに幸吉のやつ、まだ家に戻ってねぇんでさぁ」

聞いているうちに、重蔵の顔がにわかに険しくなっていった。

「それで幸吉が他にいきそうなところがないか訊こうと思って、高田屋に尋ねていったんだな？」

「そうなんですが、どうも要領を得ねぇんでさあ」

「どう要領を得ないんだ？」

「高田屋の主《あるじ》に、あんたの倅からじかに訊きてぇから会わせてくれっていったんですが、庄助は熱を出して寝てるとかなんとかいって、倅にまったく会わせようとしてくれねぇんですよ」

「――そいつぁ、少しばかり妙だなぁ……」

重蔵が顎を撫でながらいうと、

「妙って？……」

猪助の顔に不安の色が広がりはじめた。

「ああ。実はここだけの話なんだが――」

重蔵は、先だっての木場の火事の火元が高田屋の持ち物で普請中の長屋であること、そしてあの火事は油を使った付け火であり、下手人《げしゅにん》はもしかすると高田屋に恨みを持つ者ではないかと自分たちは睨《にら》み、こうして高田屋を探っている最中なのだといった。

「親分、もしかすると、幸吉が高田屋の倅と間違えられてさらわれたんじゃねぇかといいたいんですかいっ」

「思い込みすぎかもしれないが……」

「いや、親分の見立てに違ぇねえよ。だって、おれみてぇなしがねぇ職人の倅をさらったところでなんにもなりゃしねぇけど、あれだけの大店の高田屋からならいくらだってふんだくれますよ。おれに倅を会わせようとしねぇのも、なんか心当たりがあるに違ぇねぇからだ。親分、おれは、もう一度、高田屋に掛け合ってきまさぁ」

「猪助、落ち着けっ」

重蔵は、興奮して高田屋に向かって走り出そうとしている幸吉の前に立ちはだかって止めた。

「親分、止めねぇでくれっ」

「猪助、事が事だ。心当たりがあったところで、高田屋が素直に話してくれると思うか？」

「じゃあ、いってぇ、どうすりゃいいんで……」

がっくりと肩を落としている猪助に、

「もし、幸吉が本当にさらわれたとしたら、きっと、さらった野郎から高田屋になにかいってくるはずだ。いいか、猪助、だから、ここはおれに任せて、おまえは家に帰って、お米さんに心配しないようにいうんだ」

「親分、倅がさらわれたってぇのに、そんな呑気になんかしてられねぇよ……」

猪助は泣きそうな顔をしている。

「こんなときだから、余計そうしなきゃならないのさ」

「それはどういう……」

「ここでおまえが騒いで、高田屋の倅と取り違えたことが、さらった野郎に知れてみろ。幸吉が危ない目にあうかもしれないだろ？」

猪助は絶句した。

重蔵はそんな猪助の肩に両手を置き、目をしっかり見据えて、

「猪助、大丈夫だ。このおれが、必ず幸吉を見つけ出してやるっ。だから、ここはおれのいうとおりにしてくれ。いいな」

と力を込めていった。

「わかったよ、親分……さっきは食ってかかるようなまねしちまって、申し訳ねぇ」

「おまえの気持ちは、痛いほどわかる。気にするな」

「それじゃ、親分、おれは帰《けえ》りますから、くれぐれもよろしく頼みます」

猪助はうしろ髪を引かれる思いで、重蔵がいる場から去っていった。

いつの間にか、あたりが黄昏色から薄暗がりに変わりはじめていた。

重蔵は目を凝らして、じっと高田屋の店先を見つめている。

すると、

「親分」

　と、うしろから小声で定吉の声が聞こえた。

「定、なにかつかめたか」

　重蔵は振り返らずに訊いた。

「へえ。それが高田屋の主の庄右衛門《しょうえもん》てなぁ、まだ三十と若ぇんですが、商いもうまいうえにえらく評判もいいんですよ。出入りしているやつらに片っ端から訊いて回ったんですが、庄右衛門は感謝されこそすれ、恨むようなもんはまずいねぇだろうって口を揃えていうんです」

「ふむ。それはそれで怪しい気がするな。人ってなぁ、ひとりやふたり、嫌うもんがいるもんだ。高田屋を恨んでいるやつは必ずいるはずだ……」

　重蔵はそういってから、猪助の倅の幸吉と高田屋の倅の庄助が取り違えられてさらわれたかもしれないことを定吉に告げた。

「いってぇ、どこのどいつがそんなことをっ……」

　定吉は驚きと怒りをあらわにしている。

「もしそうなら、さらった野郎から、きっとなにかいってくるはずなんだが……」

「先だっての付け火と関わりがあるんですかね」

「わからないが、もしそうだとしても、幸吉を助けることがなにより先だ」

重蔵がいったそのときである。

「あれ？　親分、あの女――」

背後にいる定吉が、女を指さした。見ると、ひとりの女が通りをいくどこかの丁稚《でっち》をつかまえて、文のようなものと銭を渡しながらなにかいっている。

「あれは、おまきさんじゃねぇか……」

文を受け取ったどこかの丁稚が、高田屋の店の中へ入っていった。それを袖で顔を隠すようにして見届けたおまきは、その場から足早に去っていった。あきらかに怪しい動きである。

「定、おれはおまきさんのあとを尾《つ》ける。おまえは店の中の様子と奉公人の中に、庄右衛門を恨んでいるやつがいないか探ってくれ」

「へいっ」

重蔵は、おまきのあとを追っていった。

四

（いったい、どこにいくつもりなんだ……）

おまきは、自分の住む治五郎長屋とはまったく別の方向へ歩いている。

やがて、おまきは尾上町から、駒留橋《こまどめばし》の先を左に曲がって藤代町に向かった。そして、片葉堀《かたはぼり》沿いに並ぶ貸蔵のとっつきの横の路地に入っていった。

重蔵が慎重な足取りであとを尾けていくと、おまきは朽ちかけた小屋の前で足を止め、用心深くあたりをうかがっている。そして、人影がないのを確かめると中から戸が開けられないようにしてある閂《かんぬき》を取って、小屋の中へと入っていった。中に人が閉じ込められていることは確かなようだ。

重蔵は小屋の周囲を見渡して、壁板が傷《いた》んで隙間ができているところがないか探した。すると、小屋の裏側に隙間がある壁板を見つけて、小屋の中を覗いた。

（幸吉っ……）

重蔵は、思わず口から漏れ出そうになるのをぐっと堪《こら》えた。幸吉が、なにもない小屋の中の柱に、目隠しと猿ぐつわを嚙まされてくくりつけられていたのである。

（幸吉をさらったのは、おまきさんだったのかっ。だが、どうしてそんなことを……）

重蔵が思いを巡らせていると、

「庄助ちゃん、お腹減ったろ。おにぎり持ってきてあるから、食べさせてあげるわね。でも、声は出さないでね。いい、わかった？」

が、幸吉は頷きもせず、体を固くしている。

（睨んだとおり、幸吉は高田屋の倅と間違ってさらわれたんだっ……それにしても、どうしてこんなことを――）

おまきは目隠しした幸吉の猿ぐつわを取ってやり、近くに置いてあった握り飯を口に持っていってやったが、幸吉は口を結んだまま食べようとはしない。

「やせ我慢しないで。さ、お食べ」

おまきの優しい物言いに安心したのか、幸吉は恐る恐るではあったが、握り飯を口にした。

（そうだ、幸吉、おまえは本当に頭がいいぞ。自分が庄助じゃないなんて知られたら、なにをされるかわかったもんじゃないからな）

重蔵は祈るような気持ちで見守るしかない。

「年はいくつになったの」

握り飯を食べ終えた幸吉に、おまきが訊いた。

「五つ」

幸吉が小さな声で答えると、

「そう。あの子とおんなしだ……」

おまきはそういうと、なにを思ったか柱にうしろ手で縛っていた縄をほどいてやり、

「ちょっと立ってみて」

といって、幸吉を立たせた。

そして、幸吉を自分のほうに引き寄せて抱きしめ、

「あの子も生きていたら、このくらいになっていたのね……」

虚《うつ》ろな目を潤ませ、声を震わせながらいった。

「おばちゃんの子、死んじまったのかい」

幸吉がいった、そのときである。

おまきは、はっと我に返ると、それまでとは打って変わって憎々し気に幸吉を睨みつけ、

「そうさっ、おまえのおとっつぁんが殺したんだよっ」

と、ぞっとするほど冷酷な口調でいい放つと、幸吉を柱にぶつけるようにして縛りつけた。

「嘘だっ、おいらのおとっつぁんがそんなことするはずないよっ」

幸吉が叫ぶと、おまきは慌てて幸吉の口をふさぎ、

「静かにおしっ、声を出すなっていっただろっ」

と叱り飛ばし、懐から小刀を抜いて幸吉の首に当てた。

(幸吉、逆らうんじゃないっ。いうとおりにするんだっ……)

重蔵は声に出しそうになるのを必死に堪えた。

「いいかい。今度、大きな声を出したら命はないからね……」

女はなにかに憑《つ》かれているような顔になっている。明らかに普通ではない。

そして、ふたたび、幸吉に猿ぐつわを嚙ませると、

「さっきいったことは、本当のことなんだよ。おまえのおとっつぁんが、うちの人とあたしの赤ん坊を殺したんだ。火付けさせて、大儲けするためにねっ……」

といった。

(おまきさんは、五年前の木場で起きた火事で亭主と赤ん坊を亡くしたと、小夜がいってたが、あの火事は高田屋の仕業《しわざ》だったっていうのかっ……)

重蔵は聞き漏らすまいと、聞き耳を立てた。

「うちの人は男気のある、そりゃ腕のいい植木職人で、あっちこっちの旦那衆からひっきりなしに声がかかってねぇ……」

女はいよいよ虚ろな目になって、思い出にどっぷり浸かるようにしゃべり続けた。

「そして、うちに帰ると、どんなに疲れてたって、生まれたばかりの赤ん坊をそりゃあかわいがってくれて……あたし、本当に幸せだった――だけど、五年前のあの火事で、あたしはすべてをなくしてしまったんだ……うちの人は人さまを助けるために、火の中に飛び込んで焼け死んで、あたしは赤ん坊を抱いて命からがら逃げたけど、気がついたら赤ん坊はもう息をしていなかった……」

そこまでいうと、おまきは、はっと我に返ったようになって幸吉を憎しみのこもった目で見つめて、

「おまえのおとっつぁんは、金儲けのためなら一度ならず二度までも付け火をするろくでなしなんだよっ」

と、声を押し殺すようにしていった。

(なんだって?!――五年前のと今度の火事も、高田屋が付け火させたっていうのかっ。だが、どうしてそんなことをおまきさんは知ってるんだっ?!……)

重蔵がいくら考えを巡らせても答えは出ない。

幸吉は幸吉で、なにかいおうともがいている。おそらく、人違いだといいたいのだろう。

「なんだいっ、なにがいいたいんだいっ」

おまきは、鞘に戻していた小刀に手をかけ、歌舞伎役者が見得《みえ》を切るときのように両目を寄せて睨みつけている。

(幸吉、頼むっ、おとなしくしててくれっ……)

このまま突っ込めば助けられるかもしれないが、幸吉に傷を負わせてしまうかもしれない――重蔵は歯嚙みしながら、幸吉がおまきに逆らわずにいることを願うよりほかなかった。

と、そのときだった。

「おまきさん、おれだ。留吉《とめきち》だ。開けておくれ」

入り口のほうから男の声が聞こえてきた。

おまきは、その声で我に返り、小刀を着物の懐に仕舞った。

(女ひとりでこんな度胸のいることができるはずがないと思っていたが、やっぱり男の仲間がいたか……)

入り口のほうにそっと回って見ると、三十四、五の町人ふうのやさぐれた感じのする男が立っていた。

「今、開けます」

重蔵がふたたび小屋の裏側に戻って、傷んだ板塀の隙間から中を覗くと、外から人が勝手に入ってこられないように内側からもかけてある閂を、おまきがはずして留吉と名乗った男を招き入れていた。

「おまきさん、だれかに尾けられたってことはないだろうね」

留吉は、幸吉を見つめながら訊いた。男が入ってきたことで、幸吉は恐怖を感じているのだろう、体をぶるぶる震わせている。

「はい、大丈夫。この子もおとなしくしています」

「そうかい。おまきさん、いよいよおれの女房とあんたの旦那、それに赤ん坊の恨みを晴らす日がやってきたね」

「ええ。越してきた長屋の隣に、五年前同じ目にあった留吉さんがいたなんて、きっと仏になった亭主と赤ん坊の導きね」

「ああ、きっとそうに違いないさ。ところで――」

留吉は懐から文を取り出し、

「ここに高田屋がやった付け火の一部始終が書かれてある。今夜、高田屋が倅を連れ戻しにここにきたら、これに爪印を押させるんだよ。確かな証《あかし》になるからね」

といって、おまきの前に差し出した。

おまきはその文を受け取りながら、

「わかりました。それで、お奉行所のほうの手配は大丈夫なんですね」

不安そうな顔をして訊いた。

五年前の火事で亭主と赤ん坊を亡くしたおまきが、治五郎長屋に引っ越してきたのは、半年前のことだった。そして、同じころに留吉も引っ越してきたのである。だが、日が落ちても、いつも真っ暗な部屋にいて、ときおりすすり泣きをしているおまきのことを留吉は不審に思い、あるときそのわけを訊いたところ、五年前の火事があってからというもの火が怖くて行燈に灯りをつけることさえできなくなったと、留吉に語った。

すると、留吉もまた五年前の同じあの火事で女房を亡くしたのだといった。しかも、あの火事は、高田屋が金儲けをするために手代に付け火させたという噂があるのだと語ったのである。その噂の出所は、深川の材木問屋の元締めである大黒屋《だいこくや》で、留吉はその証拠を摑むために大黒屋に取り入って使い走りをしている。そうした矢先、今回また高田屋が火付けしたのだという話を、大黒屋の主からはっきり聞いたのだという。その一部始終を聞いた留吉は文にしたため、高田屋の倅を人質にとって白状させよう
――その手伝いをおまきにしてくれないかと持ちかけたのだ。

留吉の話を聞いたおまきは、怒りで完全に分別を失った。そして、留吉のいうまま、用意されたこの無人の小屋に高田屋の倅と取り違えた幸吉を連れてきて、人質にとることにしたのである。

「お奉行所のことなら、なにも心配はいらないよ。おれが出入りしている大黒屋さんは、深川一帯の材木問屋の元締めをなさっているお方だから、お奉行所にも顔が利く。いいようにやってくれますよ」

大黒屋は、北森下町に店を構えている老舗《しにせ》の材木問屋である。

「それを聞いて安心しました」

おまきが文を胸に仕舞いながらいった。

「それじゃ、おれは大黒屋さんのところに戻って、お奉行所の詳しい手筈や段取りを聞いて、またくるからね」

「わかりました。本当になにからなにまで、ありがとうございます」

おまきは、留吉という男に深々と頭を下げている。

「おまきさん、よしてくださいよ。高田屋の倅をうまいこと連れてこれたのは、おまきさんのおかげなんだ。この子がいなきゃ、あの高田屋のことだ。知らぬ存ぜぬを通すに決まってる。だから、お礼をいいたいのはおれのほうですよ、おまきさん。それじゃ、くれぐれも気を抜かずにいてくださいよ。もう少しの辛抱だからね」

留吉はそういうと、小屋から出ていった。

（五年前の火事が、高田屋が金儲けのために付け火したということがよもや本当だとしても、先だっての火事も高田屋の仕業だっていうのは、にわかに信じ難い話だ。高田屋ほどの大店が危ない橋を二度も渡るだろうか……これには、もっとなにか裏があるに違いない――）

重蔵が思いを巡らせていると、

「親分――」

すぐうしろで定吉が声をかけてきた。今夜は月が雲に隠れて出ていない。あたりは、すっかり暗闇に染まっている。

重蔵は顔で、「こい」というようにいって、定吉を連れて小屋からいったん離れた。

「定、おまえ、あの留吉って男のあとを尾けてきたのか？」

「へえ。あれから高田屋の番頭をつかまえて袖の下を渡しましてね、主の庄右衛門に恨みを持つような野郎はいねぇかと訊き出したんでさ。そうしたら、ひとりだけいるってんですよ」

「それがさっきの留吉ってやつか」

「へえ。あの野郎、五年前まで高田屋で手代をやってたんですが、博打《ばくち》好きで店の金を使い込んだのがばれてクビになったんですよ」

「五年前……」

重蔵は、おまきの言葉を思い出していた。おまきはさっき、五年前の木場の火事で亭主と産んだばかりの赤ん坊を亡くしたといっていた。それも高田屋が付け火したのだと――。

「へえ。で、クビになった留吉は、それっきりぷっつり姿を消して行方知れずだったんですが、ここにきて留吉を見たって噂を聞いたって番頭がいうんですよ。それで、もしかするとまた賭場《とば》に出入りしているんじゃねぇかと思ってあちこち訊き回ったら、姿形はすっかり変わっちまってるけど、留吉に違ぇねぇやつが常磐町三丁目の治五郎長屋にいるっていうやつに出会ったんですよ。で、長屋を見張ってたら、さっきの留吉が出てきたんであとを尾つけてきたんですよ」

重蔵の頭の中が、めまぐるしく動きはじめた。

「定、五年前にも同じ木場で大火事があったのを覚えているか」

「あ、へえ。あんときもひでぇ大火事でしたから、よく覚えてますよ」

「高田屋の手代だった留吉は、店の金を使い込んだのがばれて、それをネタに高田屋庄右衛門に付け火するように命じられたんだっ」

「ははぁ、なるほど、それで留吉の野郎、しばらく姿を消していたってわけか……」

「ところが、ここにきて姿を見せるようになった留吉はさっき、今は深川一帯の材木問屋の元締め、大黒屋に出入りしているといっていた……」

「？——親分、てぇことは、留吉のやつ、今度は大黒屋に頼まれて付け火をやったんじゃねぇかと睨んでいるんですかい」

「いや、その逆だ。留吉は、おそらく自分から火付けを申し出たに違いない。高田屋が二度も危ない橋を渡るはずがないと思った留吉は、今度は大黒屋に近づいて、五年前の火事は自分が付け火したと白状し、今度も自分が付け火するから大黒屋は木材を買い占めて大儲けすればいい。そして、事のすべては高田屋と小屋の中にいるおまきに罪をなすりつけようって腹積もりだろう」

「あの小屋の中に、高田屋に文を届けさせたおまきがいるんですかい」

「ああ。幸吉も一緒にな」

「幸吉も……」

「うむ。幸吉をさらったのは、あのおまきって女だ」

「それじゃ親分、留吉がいねぇ今、幸吉を助けなきゃ」

「待て。確かにこれからすぐに、おまえとふたりして小屋の中に踏み込めば、幸吉を助けられるかもしれないが、おまきって女は今、普通じゃない上に刃物を持っている。万が一、幸吉になにかあったら、猪助に申し訳が立たない。それに幸吉をうまく助けられたところで、このままじゃ、付け火の件があやふやになってしまう」

「しかし、親分、あの女がさらったのは高田屋の倅じゃないんですよ。それを知られてしまったら……」

　定吉は無残な想像をしているのだろう。顔が青ざめている。

「ああ。だから、その前に事を片づける。定、おまえ、若旦那のところにいって、おれらの家で待っててくれるようにいってくれ」

「親分はどこにいくんです」

「高田屋に乗り込んでくる」

「え？」

「おまきが渡した文には、高田屋庄右衛門の倅の庄助をさらった。倅を返して欲しければ、ここの小屋にこいと書いてあるはずだ」

「だけど、高田屋の倅と取り違えてるんですよ。庄右衛門はきやしませんよ」

「こないのなら、こさせるように仕向けるまでだ。ともかく、おめぇは若旦那を呼びにいってこい」

「へいっ」

（幸吉、もう少しの辛抱だ。頼むから、おとなしくしててくれよっ）

重蔵と定吉は同じことを胸の内でいいながら暗闇の中、同時に走り出し、少しいった先で別々の道へと消えていった。

五

高田屋に乗り込んだ重蔵は、奥の間に通され、庄右衛門がやってくるのを待っていた。

さすが大店の座敷である。張り替えたばかりの琉球畳《りゅうきゅうだたみ》の広々とした部屋の床《とこ》の間《ま》には、名のある書家が書いたと思われる立派な掛け軸を中心に、左側に紫陽花《あじさい》の見事な活け込みがあり、右側には値の張りそうな花柄模様の大きな壺が行燈のほの暗い灯りを受けて浮き立つように見えている。

やがて障子が開いて、上等な着物を身に着けた、若いが柔和で落ち着いた雰囲気を漂わせた庄右衛門が入ってきた。

「親分、お待たせしてすみませんでした。で、いったいどんなご用件でございましょう」

庄右衛門は、上座に敷いてあったふかふかの座布団にゆったり座っていった。

「高田屋さん、おれがきたのは、今日あんたに届けられた文を見せてもらいたいと思ったからですよ――」

重蔵はいきなり核心を突いた。

だが、庄右衛門は、

「文……はて、いったいなんのことでしょう」

と、顔色ひとつ変えず、膝に両手をついたまま、首をひねっている。

「留吉って男から文が届いているはずですがねぇ」

「留吉？　聞き覚えのない名ですな」

「庄右衛門さん、そんなことはないでしょう」

穏やかな口調でそこまでいうと、重蔵はやおら懐に手を入れて十手《じって》を取り出して

弄《もてあそ》ぶようにしながら、

「五年前、先だってのような大火事があった年に店の金を使い込んで、あんたにクビにされた手代の留吉ですよ。まだ思い出せませんか」

庄右衛門の目をじっと見つめて問い質《ただ》した。

庄右衛門のこめかみのあたりに、ひりひりしたものが見えた。そこまで知られては、まったく知らぬ存ぜぬを通すことは難しいと思ったのだろう。庄右衛門は口を開いた。

「ああ、思い出しました、思い出しました。なにしろ五年も前に辞めた手代ですから、すっかり名を失念しておりました。しかし、その留吉なら故郷《くに》に帰ったまま、それっきり音沙汰ありませんよ」

肝心なことにはしらを切ったが、声の調子から明らかに動揺しているのがわかる。

「ほお、そうですかい。しかし、ついさっき、おれはこの目で留吉を見てるんですがねぇ。それだけじゃない。留吉にいわれて、あんたに届けるようにと、どこかの丁稚に銭を握らせて文を渡した女も見ているんですよ」

重蔵の物言いは、あくまで冷静だ。だがその分、相手はじりじりと追い詰められていく感覚に陥《おちい》るのを重蔵は知っている。案の定、庄右衛門から落ち着きは消え、眉間に皺を寄せて思案顔になっている。

　重蔵は弄ぶようにしていた十手を目の前の畳にまっすぐ立て、柄の先に両手を重ねると、

「庄右衛門さん、あんたがそうやってしらを切っていられるのは、さらわれたのが自分の倅じゃなく、同じ寺子屋に通っている幸吉って子だからだ。違いますかい？」

　と、庄右衛門の顔をじっと睨みつけていった。

「ほ、本当に、わたしにはなんのことだか、さっぱり……」

　庄右衛門は、重蔵の体から放たれている怒気に気圧《けお》され、おろおろし出した。

　重蔵は止《とど》めとばかりに、

「まだしらを切り通そうというのなら、しょっ引くしかありませんが、それでもいいんですかいっ」

　と語気を強めていった。商人はなにより信用が第一である。その商人が名うての岡っ引きである重蔵にしょっ引かれて自身番屋に連れていかれたとあっては、あっという間に尾ひれがついて噂が噂を呼び、これまで築き上げてきた信用と評判は地に落ちてしまう。

　噂ひとつで潰れてしまった大店を、重蔵はこれまでいくつも見てきている。人の口というものは、それほど恐ろしいものなのだ。

「お、親分。はい。確かに留吉から文が届きました……」

庄右衛門は観念したように、がっくりと肩を落としている。

「なんて書いてあったんです」

「はい、クビにしたことをいまだに恨んでいるのでございましょう。今夜五ツ半に片葉堀の貸蔵裏にある小屋に百両持ってこないと息子の命はないと……」

庄右衛門は、留吉に腹を立てているのか、それともいってしまったことを後悔しているのか、苦渋に満ちた表情をしている。

(留吉め、五年前のと先だっての大火事もすべて高田屋とおまきに罪をなすりつけるだけでなく、百両もの金をせしめようって腹だったのか。とんでもない悪党だっ……)

重蔵は、ふうっと唸るような息を吐くと、

「庄右衛門さん、必ずいってもらいますよ」

と、よく通る抑揚のない声でいった。

「しかし、親分さん、わたしひとりがいったところで、その子を助け出すことができるでしょうか……」

「そんな心配、いりませんよ。隙を見て、おれが踏み込んで、必ずその子を助けます。

じゃ、五ツ半、小屋の前で――」

「――はい……」

重蔵は、観念したとばかりに頭を垂れている庄右衛門をしり目に部屋を出ていった。

六
「親分の見立てに間違いないようだね」

いつも重蔵が座っている長火鉢の前に座っている京之介がいった。京之介は、重蔵と定吉が探索に当たっているとき、奉行所の例繰方《れいくりかた》で五年前に起きた木場の大火事の捕物帳を何度も隅から隅まで読み返したという。

それというのも、先だっての木場の火事を調べている、木場一帯を廻り筋にしている先輩同心の井川玄次郎《いかわげんじろう》から、五年前の大火事のときも火元が高田屋の寮であり、先だっての火事と同じように油を撒いた跡があったと聞いたからだった。

「五年前の大火事のときは、北町ではなく南町が月番だったんだが、実は南町は最後まで高田屋を怪しいと睨んでいたそうだよ。それというのも、高田屋はまるで火事が起きるのを見越していたように材木を大量に買い占めて、大儲けしたからね」

京之介は相変わらず、涼しい顔で他人事のようにいった。

(若旦那、陰でしっかり調べていたとは感心だ)

重蔵が、目を細めて京之介を見ていると、

「なのに、どうして無罪放免になったんですっ」

定吉が、握り拳をぶるぶると震わせながら憤りを隠さずにいった。

「うむ。付け火をしたと思われる者を見たという者もおらず、高田屋の寮が焼けてしまった庄右衛門は、被害を被ったのはむしろ自分なのだといい張ったのさ。加えて、材木を買い占めたという以外、特におかしいということもなかったしね」

淡々と話す京之介に、定吉は納得できないとばかりに頰を膨らませて、

「だけど、京之介さん、火事が起きる少し前、留吉っていう高田屋の手代が店の金を博打に使い込んで、それがばれてクビになっていたんですよ。そうですよね、親分」

と、重蔵を見た。

「ああ」

「うむ。定吉のいうことはもっともだが、そこまで南町は調べが及んでいなかった。失態というよりほかないな」

「しかし、先だっての火事は、留吉のほうから大黒屋に話を持ちかけたと、おれは睨

んでます。留吉はしばらくの間、江戸を離れていたようだが、金に困って舞い戻ってきた。だが、今さら高田屋を脅したところで、知らぬ存ぜぬを通すに決まっている。そう考えて、今度は大黒屋に近づいたんでしょう」

「うむ。そして、五年前に高田屋がやった手口と同じことをしてみてはと大黒屋に持ちかけた。親分、おれは、先だっての火事が起きたあと、深川一帯の材木問屋で火事の前に材木を買い占めていたところがないか調べてみたんだ。するとね――」

「大黒屋だったってわけですね」

「そのとおり――」

　重蔵と京之介は息の合った掛け合いを見せたが、

「だけど、大黒屋といえば老舗で、深川一帯の材木問屋の元締めですよ。どうしてそんな危ねぇ橋を渡ろうと思ったんですかね」

　定吉が首を傾げている。

「おれもそこが解せなくて、いろいろ嗅ぎ回ってみたんだ。そうしたら、なんでも噂では材木問屋の元締めを、大黒屋から高田屋に替えて欲しいという願い出が、材木商たちから問屋たちに出ているらしいのさ。なんでも高田屋の主の庄右衛門てのは、卸先の材木商が金に困って支払いが遅れても待ってくれたり、ときには後払いで材木を売ってくれたりとずいぶん面倒見がいいうえに、問屋仲間からもずいぶん頼りにされているようだね」

京之介がいったことを受ける形で、重蔵が口を開いた。

「若旦那、それでおれもようやく合点がいきましたよ。煎じ詰めていえばこうだ。大黒屋にとっちゃ、留吉が持ちかけた話は大儲けできるうえに、自分の立場を脅かしている高田屋を潰すいい機会になる、まさに渡りに船ってわけだ……」

「それにしても、金儲けのためにどれだけの罪もない者たちの命が奪われたことか。高田屋にしろ大黒屋にしろ、とんでもねぇ極悪人ですぜっ」

定吉は怒りでさらにわなわなと体を震わせていった。

「だが、定、それに若旦那、おれにとっちゃあ、まず一番は無事に猪助の倅の幸吉を助け出すことです」

重蔵がいうと、

「うむ」

と、京之介が頷き、

「親分、おれもでさ」

定吉が覚悟した顔でいった。

「そこで、定、おまえにちょいと頼みがある――」

重蔵は定吉を見つめて話しはじめた。

七

宵《よい》五ツ――庄右衛門は、高田屋の裏口からひとり提灯《ちょうちん》を持って出てくると、さりげなく提灯を四方にかざし、人がいないかどうかを確かめた。

通りには、人影ひとつない。安堵した庄右衛門は歩き出し、表通りに回って店の前にいくと足を止め、間口七間の立派な店構えを感慨深げに見上げた。

（お志津《しづ》、庄助、わたしは必ずこの店とおまえたちを守り抜いてみせるっ……）

そう胸の内でつぶやいた庄右衛門は、いつもの柔和な顔から強張った顔つきになってふたたび歩きはじめた。

五年前、手代の留吉が博打に狂い、店の金を使い込んだことが発覚したのは、先代が病で死に庄右衛門が高田屋を引き継いだばかりのときだった。

奉行所に突き出せば、留吉は間違いなく打首《うちくび》である。それだけは勘弁してくれと号泣しながらすがりつく留吉に、庄右衛門は心を鬼にしていった。

『それじゃあ、死んだ気になって、わたしのいうことを聞いてくれるかい』

先代が寝込むようになってから高田屋は傾きはじめ、留吉の使い込みでいつ潰れてもおかしくないほどになっていたのである。

『は、はい。旦那さま、なんなりとおっしゃってくださいっ……』

涙と鼻水を垂らしながら、顔をぐしゃぐしゃにしている留吉は、藁《わら》にもすがる思いでいった。

『風の強い日を選んで、木場にあるうちの寮に付け火をしておくれ。そうしたあと、おまえは江戸を離れて故郷《くに》に帰って、静かに暮らすんだ。さ、これを受け取りなさい』

庄右衛門は鬼気迫る顔でそういい、五十両もの金を留吉に渡したのである。

(そこまでしてやったのに、どうして今さらまたっ……)

はらわたが煮えくり返る思いをしながら歩いていると、やがて藤代町の駒留橋が見えてきた。庄右衛門は橋の先を左に曲がり、片葉堀沿いに並び建っているとっつきの貸蔵の横にある路地に入っていった。

そして、小屋の前で足を止めてあたりをうかがったあと、

「留吉、わたしだ。庄右衛門だ。いわれたとおり、金を持ってきたから開けておく

れ」

　と中へ声をかけた。

　しかし、返事はない。庄右衛門は訝《いぶか》しく思いながら、門が取れている戸を開け、提灯をかざしながら慎重な足取りで中へ入っていった。だが、小屋の中は灯りがなく真っ暗でなにも見えない。
　五、六歩進んだときだった。提灯の灯りが、暗闇の中にいたおまきをぼーっと浮かび上がらせた。
「だ、だれだ、おまえは……」

　庄右衛門は肝《きも》を冷やしながらいった。よく見ると、おまきは、すぐ近くの柱に縄で縛りつけられ猿ぐつわと目隠しをされている幸吉の首に小刀を当てている。

「あたしかい。あたしは、五年前、あんたが起こしてくれた火事で亭主と赤ん坊を殺された女のひとりさっ……」

　おまきは殺気立った目つきをしていった。

「な、なにをいっているのか、さっぱりわからんな。留吉はどこだっ」

「そんな人はここにはいないよ。あんたをおびき出すために名を騙《かた》っただけさ」

「なにっ」

「さあ、これに爪印を押してくださいな。あんたがこれまでやってきた悪事が、すべてここに書かれてあるんだ。息子の前できちんと罪を認めてもらいますよ……」

おまきは勝ち誇ったようにいい、留吉から渡された文を差し出した。

だが、庄右衛門は、苦虫を嚙み潰したような顔つきになって、

「くだらない。そんな世迷言につきあってる暇は、わたしにはない。帰らせてもらうよ」

と踵を返した。

「お待ちっ、おまえの息子がどうなってもいいのかいっ」

おまきはいよいよ殺気立ち、幸吉の首に当てている小刀に力を込めた。

すると、庄右衛門はゆるりと振り向いて、

「やめなさい。その子はわたしの倅じゃあない。嘘だと思うのなら、その子に訊いてみるがいい」

といった。

おまきは、呆然となった。

「まったく、馬鹿馬鹿しいったら、ありゃしない」

庄右衛門が、ふたたび踵を返すと、

「ガキを取り違えるとは、とんだへまをやらかしたなぁ、おまき――」

入り口からいつの間に入ってきたのか、留吉が庄右衛門の前に立ちはだかっていった。

「留吉っ、おまえってやつは店の金を使い込んだのを不問に伏した恩も忘れて、またわたしを脅すとはどういう了見なんだいっ」

庄右衛門は苛立《いらだ》ちと腹立ちが入り混じり、握っている拳をわなわなと震わせていった。

「不問に付した恩だって？　旦那、あんた、その代わり、おれになにを命じたのか忘れたのかい。付け火をしろといったじゃねぇかっ。高田屋は五年前、おれがあんたの寮に火付けして大火事になったから大儲けして今があるんじゃねぇのかよっ。恩を忘れてるのは、旦那、あんたのほうだろうがっ」

留吉は一気にまくし立てた。

「留吉さん、なにをいってるの？　あんたが付け火したって、どういうことなの？」

おまきは、なにがなんだかわからないという顔をしている。

「何度もいわせるなよ。五年前の木場の大火事は、高田屋の寮におれが油を撒いて付け火したのが元よ」

留吉が不貞腐《ふてくさ》れたような顔でいうと、

「う、嘘でしょ、留吉さんっ、そんなこと嘘よねっ……」

おまきは救いを求めるようにいった。

「ふん。こんなことを冗談でいえるかよっ」

留吉は不敵な笑みを浮かべている。

「そ、そんな……それじゃあ、あんたは端《はな》からあたしを騙してっ……」

おまきは、身もだえしながらいった。

「ガキは取り違えるわ、今ごろ騙されたことに気づくわ、まったく救いようのねぇ馬鹿な女だぜ。もうひとつ、ついでに教えてやらぁ。先だっての大火事もおれが付け火したのが元よ。おまき、おめぇを操るためさ。ま、そのガキはとんだ目にあっちまったが、しょうがねぇ。どのみち端から三人とも死んでもらうつもりだったから、まあ、いいか……」

留吉は、懐から匕首を取り出して鞘から刃を抜いて、

「庄右衛門さんよ、あんたは最後だ。下がって、そのガキと女がよく見えるように持っている提灯をかざしてくれ」

その刃を庄右衛門に向けながら、じりっ、じりっと迫っていった。庄右衛門は、腹

痛を我慢しているかのように唇を嚙んで顔を歪めながら少しずつ後ずさった。そして、庄右衛門と留吉が、おまきと幸吉の近くまでいくと、留吉はいよいよ殺気立った顔になって、幸吉めがけて匕首を振り下ろそうとした。

「やめてぇっ……」

絶叫したおまきは、自分が持っていた小刀を投げ捨て、幸吉をかばうようにして身をかがめた。

と、そのとき、ドンという音とともに小屋の戸が開いた。

驚いた留吉と庄右衛門が戸のほうを見ると、

「そこまでだっ」

重蔵の声とともに、びゅっと空を切る音がし石つぶてが薄暗がりの中を飛んできて、留吉の匕首を持つ手首に命中した。

「うぐっ……」

留吉はうめき声を上げると同時に、匕首を落とした。重蔵はすかさず走り寄っていき、匕首を足で遠くへ蹴り飛ばし、留吉に体当たりして転ばせた。そして、懐からすばやく取り出した捕り縄で、留吉をうしろ手に縛りつけた。

「親分さん……」

腰を抜かしたようになっているおまきが声を出した。

「お、親分……」

隣にいる庄右衛門が怯えた顔でいった。

「定っ」

重蔵はふたりに構わず、うしろから入ってきた定吉に顔だけ向けていうと、

「へいっ」

定吉はまっすぐ幸吉のもとに走っていった。

「幸吉、定吉だ。もう大丈夫だからな。よく我慢した。えれぇぞ」

そういいながら、定吉は手際よく幸吉を縛りつけている縄と猿ぐつわ、目隠しを取ってやると、肩に担いで足早に小屋の外へ出ていった。

「高田屋さんよ。いった時刻よりずいぶん早くくるとは、いったいどういう了見だっ」

留吉を縛りつけている縄を左手に持っている重蔵は、強い怒りを宿した目で睨みつけながら、庄右衛門ににじり寄っていった。留吉は、悔しそうに顔を歪めている。

「そ、それは……」

庄右衛門は目をきょろきょろさせて、口ごもった。

「じゃあ、これはなんだ」

重蔵はいきなり庄右衛門の懐に右手を突っ込み、匕首を取り出した。

「持ってくるはずの百両が、いつの間にか匕首に化けちまったのかい」

庄右衛門は、参りましたとばかりに膝から床に崩れ落ち、がっくりと肩と首を落としたまま座り込んだ。

「庄右衛門さん、あんた、先にきて留吉を殺して口を封じるつもりだったんだろ。留吉さえいなくなれば、五年前にやった付け火の件がばれることはないからな」

重蔵は、庄右衛門はきっとそう出るに違いないと睨み、定吉に高田屋を早い時刻から見張らせていたのである。

そうしていると、案の定、庄右衛門は裏口からこっそりひとりで出てきた。それを見届けた定吉は、すぐにまた重蔵と京之介がいる家に走り戻って知らせたのである。

「ち、違う。わたしはただ――」

「ただ、なんだ。店と女房、子供を守りたかっただけだとでもいいたいのかっ。何十人もの命より、自分の家のほうが大事だっていうのかっ」

「そ、そうじゃない。だから、わたしは――」

「黙れっ」

言い訳しようとする庄右衛門を一喝した重蔵は、留吉と同じように庄右衛門も捕り縄でうしろ手に縛りつけた。

そして、おまきに目を向け、

「さ、あんたもだ」

というと、おまきは、目をあらぬ方向に向けたまま、おとなしくお縄についた。

八

重蔵にお縄になった庄右衛門と留吉、おまきの三人が小屋から出ると、ざざざっと草履《ぞうり》が土をこすりつける音がした。目を凝らすと、三人の浪人ふうの男たちが重蔵たち四人を取り囲み、一斉に刀を抜いた。

だが、重蔵は特段驚くふうもなく、

「おいでなすったかい。おい、留吉、所詮、おまえも消されることになっていたんだよ」

といった。

大黒屋の商いの悪どさは、材木商たちの間では半ば公然の秘密になっている。大黒屋の主・与左衛門《よざえもん》は、お上が費用を出す殿舎や寺社の造営、修復などに必要な材木の伐採や運送、買収・管理など一切を司《つかさど》る材木石奉行のところの役人たちを賄賂《わいろ》漬けにして、入札の情報をいち早く仕入れているのだ。そして、それをもとに自分の思うがままに談合を取り仕切ることで、深川一帯の材木問屋の元締めとして君臨してきたのである。

その一方で、支払い期限を守らない卸先の材木商がいると、用心棒として雇っている浪人たちを出張らせて、金目の物をありったけ持ってこさせたり、金目の物で足りなければ、高い利子をつけて支払いを求め続けるのだという。そんな情報を京之介から得た重蔵は、業突《ごうつ》く張《ば》りで、情け容赦のない与左衛門が留吉のような小者に弱みを握らせておくはずはないと踏んでいたのである。

「大黒屋めっ……裏切りやがったなっ……」

怒りで顔を歪めた留吉が、唸るようにいった。

と、三人の浪人たちの間から、力士のような体軀をした五十がらみの、ひと目で商人とわかる出立《いでた》ちをした男が現れた。

「留吉、親分さんのおっしゃるとおりだよ。だが、親分さん、あんたたちも道連れにさせてもらうがね」

男は大黒屋の主・与左衛門である。

「ようやくお出ましかい。おれもいつあんたが出てきてくれるのか、やきもきしていたところさ」

まったく動じることなく、落ち着いた物言いをする重蔵が懐から十手を取り出していうと、与左衛門は、さっと顔色を変えてあたりを見回した。

と、重蔵を取り囲んでいたひとりの浪人が「うっ」と呻き声を上げ、それと同時に持っていた刀が暗闇の宙に飛んで見えなくなった。刀を失った浪人は、手首を左手で押さえて苦しんでいる。

そして、その浪人の横から、すっと刀の峰を返して正眼に構えた京之介が姿を見せた。

「大黒屋さん、こんなたったの三人じゃ、あっという間に片づいてしまうじゃないか。あんた、金があるんだろ。もっと腕の立つ用心棒をたくさん雇わなきゃ」

京之介は、まるで遊びにきたかのように、うれしそうに笑みを浮かべている。

「お、おまえたち、やっちまえ。皆殺しにしろっ」

与左衛門は慄《おのの》きながらも上ずった声で、そう叫ぶようにいうと、少しずつあとずさり、やがてくるりと背中を見せて走り出した。

「だれが逃がすかっ」

重蔵は、そばに落ちていた石つぶてを投げつけた。空気を切り裂く音を鳴らしながら飛んでいったその石つぶては、与左衛門のぼんのくぼに見事に命中した。重蔵の得意技である。

「ぐえっ……」

人の急所のひとつである、ぼんのくぼに石つぶてを投げつけられた与左衛門は、奇妙な声を発すると、前のめりになって、どっと道に倒れて気を失った。

だが、重蔵が石つぶてを投げつけたそのとき、重蔵の背後にいた浪人が刀を振り上げ、重蔵の背中めがけて斬りつけようとしていた。

キンッ——あわや、その浪人の刀が重蔵の背中に達する寸前のところで京之介の刀がそれを払いのけ、返すと同時に浪人の胸を打ちつけた。

バキッ——骨が折れる鈍い音が響き渡ると同時に、「ぐぇっ……」という声を発して浪人は倒れた。

それを見ていた最後の浪人は、うろたえながらも、「きぇーっ」という奇声を発して、京之介を背後から襲ってきた。

すると、京之介は音も立てずに体を翻《ひるがえ》しざま、振り下ろそうとする浪人の刀を、カチンと受け止めたと思いきや、素早くはねのけ浪人がのけぞると、すっと回り込んで背中を袈裟《けさ》懸《が》けに斬りつけた。

浪人はその間、声を発することなく、その場に倒れ、気を失った。京之介のその剣さばきは、まさに水が流れるように滑らかで鮮やかなものだった。庄右衛門や留吉、おまきもその見事さに見とれるように見ているだけであった。

「若旦那の剣術の腕前は、さすがですね」

重蔵が笑みを浮かべていうと、京之介は、

「ふふ。親分の石つぶての腕前も見事なものだ」

と、微笑《ほほえ》んでいった。

少しして、御用と書かれて提灯を持った北町奉行所の捕手たちがやってきた。

「若旦那、捕手たちを待たせていたんですかい」

「うむ。おれが楽しみ終えたらこいといっておいたんだ」

「若旦那、御用は遊びじゃないんですよ――」

重蔵が苦笑いを浮かべていうと、

「親分、仕事は楽しんでやらないとな」

といって、にやりとしながら刀を鞘に納めた。

ひと月後――。

　重蔵は、京之介と定吉の三人で、居酒屋「小夜」で飯を食べ酒を飲んでいた。

　高田屋と大黒屋、留吉の三人には火あぶりの刑が下った。付け火はもとより、それを命じた者や黙認し、金儲けを企んだ者も同罪とされたのである。おまきは、騙されていいように利用されただけだという重蔵と京之介の訴えがお上に受け入れられ、江戸払いになった。危ない目にあった幸吉は、すっかりもとどおりになって寺子屋に通っている。

　一方、潰れた高田屋の倅の庄助は母親の親戚筋を頼ってどこかへいったらしいのだが、行き先はだれも知らないようである。

「おまきさん、これからどうするのかしら」

　徳利二本と煮〆、どじょう鍋を運んできた小夜がそれらを飯台に置きながらいった。

「巡礼の旅に出るそうですよ。女将さんにもよろしくお伝えくださいっていってました」

　定吉がいった。今日の昼過ぎ、おまきが重蔵の家へ、お詫びと礼、そして別れの挨拶をしにきたときにいったのである。

「そう。そうして旦那さんと赤ん坊の菩提を弔《とむら》うのね。江戸にいるといつまでも五年前のことを思い出してしまうものね」

「旅をしながら、どこか受け入れてくれる寺があったら、そこで尼になって暮らすそうだ」

重蔵が猪口《ちょこ》を口に運んでいうと、

「尼さんか……」

小夜が考え込むように下を向いてぽつりといった。

「羨ましそうな物言いに聞こえるねぇ」

京之介が抑揚のない声の調子でいった。

「まさか、女将さんも尼さんになろうと思ったことがあるなんていうんじゃないでしょうね」

定吉がからかうようにいうと、女将はそれまでとは違う思いつめた顔になって、なにかいおうと口を開いたが、そのとき戸が開いて職人ふうの男がふたり入ってきた。

「いらっしゃいませ」

小夜はいうのをやめて、くるりと背中を向けて、ふたりの客を出迎えにいった。

「しかし、なんだなぁ、先だっての木場の大火事のおかげで忙しくってしょうがねぇな」

　入ってきたやたらとひょろりとして、しゃくれ顎の三十男が楽し気に大きな声を出していった。火事で焼野原になってしまった一帯が、もとのような町になるのは、まだまだのようである。

「ああ。おめぇみてぇな腕の悪い大工でもひっぱりだこだってんだから、ありがてぇこったよな」

　連れは、年恰好は同じだが背の低い、小太りの男である。

「なんだとぉ。てめぇだって、ろくな畳職人じゃねぇくせに仕事が入ぇって入ぇって仕方ねぇっていってたじゃねぇかよ」

「ま、お互い、当分の間、おまんまの心配はしなくて済みそうだな」

「おまんまどころか、仕事が終わったあと、銭の心配なくこうして酒が飲めるってのが、うれしいじゃねぇか」

「まったくだ」

　愉快そうに声を出して笑っている男ふたりを、小夜が空いている席へ案内している。うまい具合に、重蔵たちのいる席からは見えない場所だ。

「やつらの話、聞くに堪えないなぁ。親分、放っといていいのかい」

京之介が眉間に皺を寄せていうと、

「まったくですよ。あいつら、人の不幸を喜びやがって——」

定吉は腕まくりをして立ち上がり、客たちに向かっていこうとしている。

「定——」

定吉と京之介が重蔵を見ると、重蔵は首を横に振り、

「放っとけ」

と、ぶっきらぼうにいった。

「だって、親分——」

定吉が文句をいいたげにしていると、

「あれが、だいたいの素町人の本音だ。だが、やつらとおれとおまえ、そんなに違うかい？」

重蔵は静かに続けた。

「そりゃ、人の不幸を喜ぶようなことを大声でいわれれば、おれだっていい気はしないさ。だが、大火事があって材木が売れ、大工や表具屋、瓦や畳の職人、いろんな職人や商人が忙しくなって金が回っているのも本当だ。そうして巡り巡って、この店だって繁盛してる。人っていうのは、どこか人の不幸の上に乗っかって生きてるところ

があるんじゃないのかねぇ。なぁ、定、おれにしろ、おまえにしろ、そういうところ、まったくないといえるかい」

重蔵はそういって、猪口の酒を一気に飲み干すと、まるで草汁を飲んだときのような苦い顔をした。

「へい……いわれてみれば確かに――おれは、まだまだ了見が狭くて恥ずかしいな」

定吉は頭を掻いていった。

「定吉、おれだってそうさ。そこまで思い至らなかった。親分、焚きつけるようなことをいって悪かった」

京之介は、軽く頭を下げた。

「いや、なにも若旦那が謝《あやま》ることなんてありませんよ。ただ、人ってのは、なんて罪な生き物だと、ときどきやりきれなくなるときがあるんですよ――ふふ、柄にもないことをいっちまった。どうやら、酔いが回ってしまったようだ。おれは、先に帰らせてもらいますが、おふたりさんは、どうぞごゆっくり。じゃあ――」

重蔵は照れくさそうな顔をしてくだけた口調でそういうと、草履《ぞうり》を履いて少しふらつきながら店の出入り口に向かった。

（親分……）

小夜に声をかけずに出口に向かう重蔵の、おまきをおぶってくれた大きくたくましい背中が、いつになく寂し気に見え、小夜の胸に切ない思いが募ってくるのだった。

時代小説
二見時代小説文庫

深川《ふかがわ》の重蔵捕物控《じゅうぞうとりものひか》ゑ1　契《ちぎ》りの十手《じって》

二〇二三年　五　月二十五日　初版発行

著者　西川《にしかわ》　司《つかさ》

発行所　株式会社　二見書房
〒一〇一-八四〇五
東京都千代田区神田三崎町二-一八-一一
電話　〇三-三五一五-二三一一［営業］
　　　〇三-三五一五-二三一三［編集］
振替　〇〇一七〇-四-二六三九

印刷　株式会社　堀内印刷所
製本　株式会社　村上製本所

 ISBN978-4-576-23053-5
https://www.futami.co.jp/

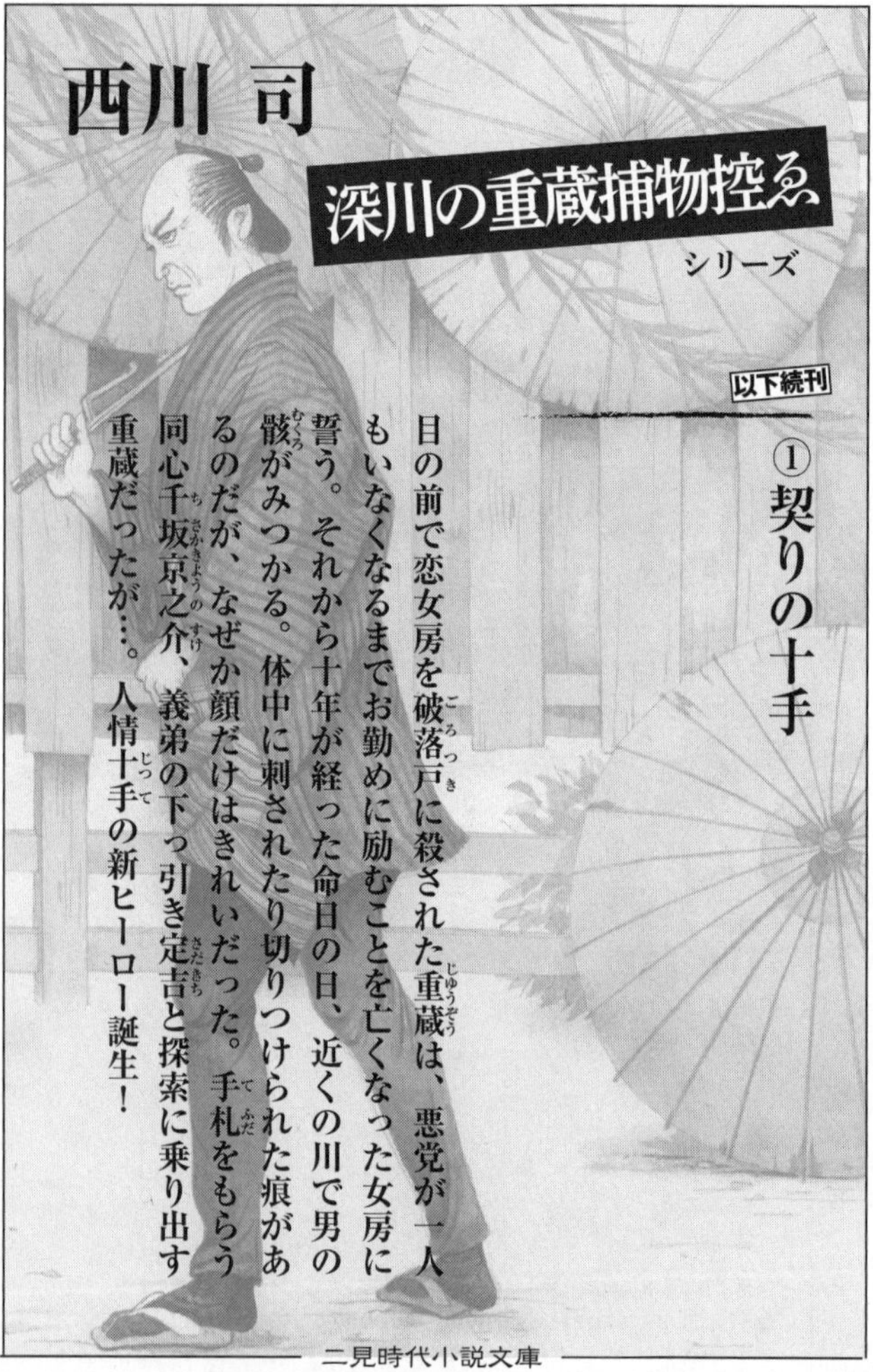

西川 司
深川の重蔵捕物控ゑ
シリーズ
以下続刊
① 契りの十手
目の前で恋女房を破落戸《ごろつき》に殺された重蔵《じゅうぞう》は、悪党が一人もいなくなるまでお勤めに励むことを亡くなった女房に誓う。それから十年が経った命日の日、近くの川で男の骸《むくろ》がみつかる。体中に刺されたり切りつけられた痕があるのだが、なぜか顔だけはきれいだった。手《て》札《ふだ》をもらう同心千坂京之介《ちさかきょうのすけ》、義弟の下っ引き定吉《さだきち》と探索に乗り出す重蔵だったが…。人情十手《じって》の新ヒーロー誕生!

二見時代小説文庫